KB186860

알기 쉽게 풀어 쓴

# 신곡_천국편

알기 쉽게 풀어 쓴
# 신곡_천국편

초판 1쇄 인쇄 | 2016년 3월 5일
초판 1쇄 발행 | 2016년 3월 10일

지은이 | 단테 알리기에리
편역자 | 이종권
펴낸이 | 김형호
펴낸곳 | 아름다운날
출판 등록 | 1999년 11월 22일
주소 | (121-837) 서울시 마포구 서교동 351-10 동보빌딩 103호
전화 | 02) 3142-8420
팩스 | 02) 3143-4154
E-메일 | arumbook@hanmail.net
ISBN 979-11-86809-12-9 (03880)

이 도서의 국립중앙도서관 출판예정도서목록(CIP)은 서지정보유통지원시스템 홈페이지(http://seoji.nl.go.
kr)와 국가자료공동목록시스템(http://www.nl.go.kr/kolisnet)에서 이용하실 수 있습니다.(CIP제어번호:
CIP2016004669)

알기 쉽게 풀어 쓴

# 신곡_천국편

**단테 알리기에리 지음**
이종권 편역 | 귀스타프 도레 그림

아름다운날

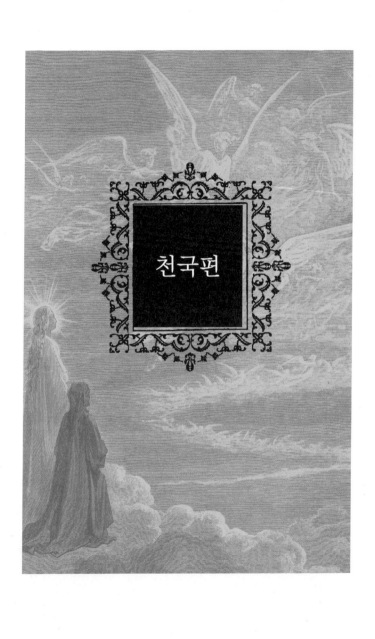

천국편

# 제1곡

# 천국의 구조와 신비

때는 부활주일 수요일, 태양이 머리 위에서 찬란한 빛을 내뿜는 정오였다. 계절은 만물이 생동하는 춘분이었다. 나는 지상낙원에서 베아트리체와 함께 천국의 첫 번째 하늘인 월광천을 향해 비상할 준비를 하고 있었다.

이 세상 모든 것을 주관하는 하느님의 영광이 빛으로 넘쳐나는 천상의 아름다움과 신비를 무엇으로 표현할 수 있을까? 눈부신 빛의 한가운데서 나는 하느님의 여러 가지 역사를 보았다. 허나 내가 아무리 뛰어난 재주가 있다 한들 천국의 아름다움을 어떻게 표현할 수 있겠는가. 하느님의 은총이 충만한 천상의 질서를 인간의 재주와 언어로 어떻게 노래할 수 있겠는가. 내가 지옥

과 연옥을 순례하며 그때마다 시의 여신 뮤즈의 영감을 받았듯
이 천국의 아름다움을 노래하기 위해서는 또 다른 시의 신 아폴
론의 영감을 받아야만 했다. 나는 아폴론에게 간청했다.

　"오, 선하신 아폴론이여! 바닥이 없는 샘처럼 영감이 솟아나
는 올림포스의 지혜로운 태양의 신이자 음악과 시의 신이여, 내
가 천국의 영광과 아름다움을 노래할 수 있는 영감을 내려주시
기를! 그리하여 보배로운 시의 월계관을 씌워 주시기를."

　시의 여신들이 살고 있는 파르나소스 산에는 두 개의 봉우리
가 있었다. 하나는 시의 여신 뮤즈들이 살고 있는 엘리코였고,
다른 하나는 아폴론이 살고 있는 키라였다. 나는 뮤즈뿐만 아니
라 아폴론에게도 도움을 요청하지 않을 수 없었다. 그만큼 천국
의 아름다움 앞에서 내 시적 재능은 초라하고 보잘것없이 느껴
졌다. 내게는 아폴론의 도움이 절실했다.

　"시의 아버지여, 언젠가 그대가 마르시아스[1]의 교만에 분노하
여 산 채로 껍데기를 벗겨내던 때처럼 그대의 뜨거운 열정과 기
운으로 내 시에 영감을 불어넣어 주시기를! 만약 내가 보는 대로
천국의 아름다운 신비와 질서를 제대로 노래할 수 있다면, 그리
하여 후대에 남길 수 있다면, 그건 나의 영광이요, 그대의 영광

---

1) 반은 사람이고 반은 염소인 사티로스 중 하나. 아폴론과 피리 불기 연주를 하다 져서 껍
　질이 벗겨지는 벌을 받았다.

일 것입니다. 그렇게만 된다면 그대가 애지중지하는 월계수[2] 나뭇가지로 만든 월계관을 나한테 씌워주게 될 것입니다."

나는 간절하게 바랐다. 내 시적 재능이 작은 불씨가 되어 부디 후대의 시인들이 더 큰 불꽃을 일으켜 아폴론의 월계관을 쓰게 되기를. 그리하여 아폴론이 머무르는 파르나소스 산에 시가 울려 퍼지기를 간절하게 기도했다.

태양은 백양궁[3]에 머물며 찬란하게 빛을 발하고 있었다. 베아트리체는 똑바로 서서 태양을 바라보고 있었다. 나 역시 베아트리체의 모습을 따라 태양을 바라보았다. 지상에서 그랬다면 당장 눈이 멀었을지도 몰랐지만, 이곳은 지상낙원이었기에 아무 일도 일어나지 않았다. 이글거리며 빛나는 태양에서 불꽃이 튀어나와 흩어지고 있었다. 하느님이 하늘에 또 하나의 태양을 둔 것처럼 보였다. 나는 천국 순례를 눈앞에 두고 인간을 초월한 듯한 느낌을 받았다. 그리고 그때 어디선가 노랫소리가 들려왔다.

베아트리체는 미동도 없이 천체를 관조하듯이 여전히 바라보고 있었다. 그 순간 마치 글라우코스가 해초를 뜯어먹고 바다의

---

2) 월계수는 아폴론을 상징하는 나무. 아폴론은 다프네를 사랑해 따라갔지만, 다프네는 아폴론에게 잡히기 직전에 강의 신인 아버지에게 부탁해 월계수로 변했다. 그 후 월계수는 아폴론의 나무가 되었다.

3) 이날이 아주 상서로운 날이라는 뜻이다. 백양궁은 상서로운 별자리로 역사적으로 많은 일들이 일어났다. 천지창조의 날과 수태고지가 있었던 날도 태양이 백양궁에 머물러 있던 춘분날이었다.

다른 신들과 동료가 된 것처럼 나도 그렇게 된 것 같았다. 바다에 대한 그리움이 간절했던 글라우코스처럼 나 역시 베아트리체에 대한 그리움으로 사무쳤다.

그때 베아트리체가 고개를 돌려 나를 바라보며 미소를 지었다. 내 마음 속을 다 읽고 있는 것 같았다. 내가 뭐라 말을 꺼내기도 전에 베아트리체가 말했다.

"여기는 지상이 아닙니다. 그대는 자신의 상상력에 가두지 마세요. 그대는 그릇된 상상으로 감각이 둔감해져 있어서 볼 수 있는 것조차 보지 못하고 있습니다. 그건 스스로 눈을 가리는 어리석은 짓이지요. 이곳은 그대의 고향 피렌체가 아니라 천국입니다. 지금 보고 있는 노래와 강렬한 빛은 그대를 환영하는 하느님의 은총이랍니다."

나는 베아트리체의 말에 공감하면서 어떻게 살아 있는 몸으로 천상으로 올라갈 수 있는지 물었다. 내 물음에 베아트리체는 한숨을 내쉬면서 어머니처럼 자애로운 모습으로 아리스토텔레스의 학설을 빌려 말했다.

"이 세상 만물은 질서가 있으며, 모든 존재는 하느님의 형상을 닮아 있습니다. 가장 완전한 것이 하느님과 가장 가까이에 있고, 불완전할수록 하느님으로부터 멀리 떨어져 있지요. 각 존재들은 하느님으로부터 부여받은 질서 안에서 본능적으로 하느님의 존재를 향해 움직입니다. 그것은 동시에 선한 의지를 갖고 움직이고 있지요. 동식물을 막론하고 모든 존재는 하느님의 형상대로 창조되고, 그리스도로 인해 죄 사함을 받은 사람은 천국에 있게 됩니다. 그동안의 순례 과정에서 그대도 죄에 대한 정화를 받았으므로 하늘나라로 오르는 데는 아무런 장애가 없을 터이니, 아무런 걱정 마세요."

나는 베아트리체의 말을 듣고 앞으로 펼쳐질 천국[4] 순례에 대한 기대감으로 한껏 부풀었다. 그리고 전능하신 하느님이 주관하시는 우주 질서의 정밀함과 그 거대한 실체에 놀랐다. 이는 오직 하느님이 아니면 설명할 수 없는 실로 광대한 우주 만물의 질서와 조화였다.

각각의 하늘에는 이에 상응하는 천사들과 학문이 있어 각기 그 역할을 담당하고 있었다. 이제 나는 베아트리체와 함께 온통 기쁨과 환희뿐인 천국을 향하여 시위를 떠난 화살처럼 날아오를 희망에 가슴이 떨려오기 시작했다.

"그대는 아무 걱정 마세요. 두려움도 의혹도 갖지 말고 하느님께서 내린 운명의 결정을 받아들이세요. 그것은 마치 물이 높은

---

4) 천국은 지구를 둘러싼 일련의 하늘로 구성되었고, 각기 다른 역할을 하는 열 개의 하늘로 이루어져 있다. 지구와 가장 가까운 첫 번째 하늘이 월광천, 두 번째 하늘이 수성천, 세 번째 하늘이 금성천, 네 번째 하늘이 태양천, 다섯 번째 하늘이 화성천, 여섯 번째 하늘이 목성천, 일곱 번째 하늘이 토성천, 여덟 번째 하늘이 항성천, 아홉 번째 하늘이 원동천, 그리고 하느님이 계시는 마지막 열 번째 하늘이 청화천 혹은 지고천이다. 이러한 천국의 모형은 고대 그리스의 천문학자이자 점성가였던 프톨레마이어스의 이론에 따른 것이다.

데서 낮은 곳으로 흐르는 이치와 같답니다. 행여 저 세상의 지상 세계에 한 점의 미련이라도 남아 있다면, 그건 하느님의 은총과 섭리를 거스르는 일이 될 것입니다."

내게 마지막 당부의 말을 마친 베아트리체가 고개를 들어 하늘을 바라보았는데, 그 모습은 더없이 아름답고 거룩했다.

# 베아트리체가 달의 흑점을 논하다

나는 일찍이 아무도 가본 적이 없는 천국의 순례에 나서면서 노래를 시작했다.

"세상 사람들이여, 자그마한 쪽배에 앉아 귀를 기울이는 자들이여! 기쁨이 넘쳐 노래를 부르며 노 저어가는 내 배를 따라오라. 삼가 그대들은 성급하게 깊은 바다로 나가지 말라. 그랬다가는 나를 잃고 헤매게 되리라. 내가 가는 물길은 일찍이 아무도 건너간 적이 없으나, 지금 내 배는 지혜의 여신 미네르바가 영감을 불어넣고 있으며 아폴론이 나를 이끌고 있도다. 아울러 아홉 뮤즈가 북두칠성을 가리키며 방향을 잡아주니 거칠 것이 없으리라."

잠시 후 내 노래는 계속 이어졌다.

"천국의 기쁨을 맛보기 위해서는 영적으로나 지적으로 준비가 되어 있어야만 하리라. 쪽배에 타고 있는 자들은 준비가 안된 자들이고, 천사들의 빵을 먹고 길게 목을 빼고 천국에 목말라 하는 자들은 준비가 된 자들이니, 준비가 된 자들은 나를 따라와도 좋으리라. 나는 이제부터 그 옛날 이아손의 용기를 보고 사람들이 놀랐던 것처럼 그대들에게 동경과 모험으로 가득 찬 경이로움을 선물하리라."

내가 노래에 빠져 있을 때 베아트리체는 위를 보고 있었고, 나는 베아트리체를 보고 있었다. 그리고 어느 한 순간 빛의 속도로 달을 향해 비상을 하기 시작했다. 월광천에 이르는 순간, 태양이 햇살을 비춰주는 금강석처럼 눈부시고 단단하고 번쩍거리는 구름이 우리를 감싸는 듯했다. 영원한 진주인 달이 우리를 받아들이는 모양은 마치 빛이 물에 스며들 듯이 하느님과 영육이 하나되는 신비 그 자체였다. 논리적으로 설명할 수는 없었지만, 이는 우리 마음속에 인성과 신성이 합일된 하느님을 보고 싶어 하는 욕망이 불타는 것과 마찬가지 현상처럼 보였다.

내가 달의 실체를 마주하고 경이로움에 빠져 있을 때, 베아트리체가 우리를 첫 번째 월광천으로 인도하신 하느님에게 감사를 드리라고 말했다.

"하느님께 감사 드리세요. 우린 하느님의 인도로 첫 번째 하늘인 월광천에 도착을 했답니다."

나는 그제야 정신을 차리고 주님께 감사 기도를 올렸다.

"하느님, 감사합니다. 미천한 이 몸을 구원하시어 지상으로부터 천국으로 이끄신 하느님의 은총에 감사합니다."

내가 월광천에 올라와서 본 것들은 어느 것 하나 신비롭고 놀랍지 않은 것이 없었다. 그중 달의 검은 반점에 대한 궁금증은 지울 수가 없었다. 나는 베아트리체에게 세상 사람들이 흔히 카인의 나뭇가지라고 말하는 검은 반점에 대해 물었다.

베아트리체는 모든 인식의 출발은 감각에 있는데, 천국은 감각의 열쇠가 채워지지 않은 영역이므로 지상의 감각과 이성을 가지고는 천국을 이해할 수 없다고 말했다. 따라서 감각에 기초해서 판단하는 이성의 날개는 한계를 가질 수밖에 없다는 것이다. 그러고는 오히려 내게 달의 검은 반점에 대한 견해를 물었다.

"그것은 달 표면의 밀도가 강한 부분이 있고 약한 부분이 있기 때문이 아닌가요?"

베아트리체가 즉각 고개를 내저으며 내가 알고 있는 것은 오류라고 말했다. 이어 여덟 번째 하늘인 항성천의 별들은 빛의 질과 양이 서로 다르며 각각의 별들은 서로 다른 힘의 작용을 부여받고 있기 때문에 질료의 원리로 검은 반점을 설명하는 것은 잘못이라고 덧붙였다. 그녀는 모든 물체에서 질료와 형상을 구분했다. 질료는 동일해도 형상은 다양하게 나타난다는 것이다.

그러므로 만물을 질료의 단일 원리로 수렴하는 것은 오류가 될 수밖에 없다고 했다.

나는 베아트리체의 말을 이해하는 데 애를 먹었다. 내가 의아한 표정을 짓자 그녀는 계속 설명을 했다. 그러니까 밀도의 강약에 따라 달의 검은 반점이 생겼다면, 달 표면 한쪽이 아주 엷어지거나 아니면 양피지 두루마리 앞뒤 면의 밀도의 강약에 따라 음영이 달라지는 것처럼 달도 그래야 하지만 사실은 그렇지가 않다는 것이다.

베아트리체는 일식의 예를 들어 설명을 이어나갔다. 일식이 일어나는 동안 달은 태양과 지구 사이에 놓인다. 때문에 빛의 엷은 밀도 사이로 달의 일부가 보여야 마땅하지만 우리는 그것을 본 적이 없으므로 질료와 밀도만으로는 진실을 알 수 없다. 이렇게 내 오류를 논파한 베아트리체는 달의 검은 반점, 즉 흑점에 대해 설명을 하기 시작했다. 나는 주의를 기울였다.

"햇볕에 눈이 녹아 물만 남고, 즉 원래 질료인 물만 남고 흰빛과 차가움은 사라지게 됩니다. 이쯤이면 어느 정도 짐작하겠지만 흑점의 원인을 알고 나면 좀 놀랄 것입니다. 하느님이 머물고 있는 청화천 안에 원동천이 있어 그 밖의 여러 하늘은 그 힘의 지배를 받게 됩니다. 원동천 아래 있는 하늘이 항성천인데, 항성천은 여타의 하늘에다 힘을 나눠 분배하지요. 그러니까 하나의 힘이 청화천에서 원동천으로, 다시 항성천으로 이동해 그 이

하의 여러 하늘에 힘을 행사하게 되는 거죠. 그리고 각각의 하늘은 특성을 발휘하는데, 천사들의 영향력을 받게 되고요. 특히 항성천의 케루빔 천사는 제 능력을 별들에게 나눠주어 하늘을 아름답게 장식하고 있답니다. 이처럼 천국의 모든 하늘은 위에서 받은 힘으로 저마다 특성을 발휘하게 되지요."

나는 좀 복잡하기는 했지만 머리에 낀 안개가 씻겨나가고 점차 하늘의 실체에 접근하고 있는 느낌을 받았다. 내 나름으로 베아트리체의 말을 정리하면, 최고 하늘인 청화천 안에 원동천이 회전하고 그 속에 모든 것들의 존재가 자리하고 있으며, 별들이 서로 영향을 미치듯이 천국의 하늘들은 각기 바로 위에 있는 하늘의 영향을 받아 아래에 있는 하늘로 전달하는 유기적인 시스템을 구축하고 있었다.

"천국의 하늘은 전능하신 하느님을 정점으로 여러 천사들에 의해 운행되고 있습니다. 천국의 하늘은 청화천에서 우리가 있는 이곳 월광천까지 층층이 존재하며 서로 밀접하게 연결되어 있지요. 월광천은 천국에서는 가장 낮은 하늘이기 때문에 청화천의 빛을 모두 투과시키지 못하고 일부는 반사시키고 있습니다. 그 역할을 맡고 있는 것이 바로 흑점이지요."

나는 비로소 의문이 풀리는 것 같았다.

베아트리체에 따르면, 달의 표면에 흑점이 존재하는 것은 달빛의 강약이나 밀도 때문이 아니며, 하느님의 본성에서 나오는 것이었다. 이것이 이른바 형상원리에 의한 진리의 모습이라고 베아트리체는 밝혔다. 그것은 물질을 만드는 질료의 원리가 아니라 물질의 특성을 만드는 원리이기도 한 것이라고 덧붙여 말했다. 따라서 달 표면의 밀도 차이로 흑점이 생긴 것이 아니라 하느님의 신성에 따른 것이라고 명쾌하게 결론을 내렸다.

## 제3곡

### 서원을 파기한 운명의 여인들

내 젊은 시절 사랑의 불꽃으로 나를 사로잡았던 베아트리체가 천국의 아름다운 여인이 되어 진리를 설파하자 그간 내 잘못을 고백하고 싶은 마음이 간절해졌다. 그래서 몸을 일으켜 고개를 들고 베아트리체를 보려고 하는데, 갑자기 흐릿하고 낯선 환영이 눈앞에서 어른거렸다.

나는 그 모습에 시선을 빼앗겨 베아트리체에게 잘못을 고백하려던 사실도 잊어버렸다. 그런데 환영의 모습은 어른거리기만 할 뿐 그 실체를 알 수는 없었다. 다만 어른거리는 창백한 환영들의 입 모양으로 보아 무슨 말인가를 하고 싶어 하는 것 같은 느낌이 들었다.

이때 갑자기 나르시스[5]가 생각났다. 그러나 현실의 나는 나르시스와는 반대로 물속에 비친 다른 사람의 얼굴을 나 자신으로 착각했다. 그만큼 환영들은 바닥이 훤히 들여다보이는 투명한 샘물 속에서 그 모습을 드러내는가 싶더니 막상 그 실체를 잡을 수는 없었다. 실체가 환영인지, 환영이 실체인지 알 수 없어 나는 어리둥절한 모습으로 베아트리체를 바라보았다.

베아트리체가 그런 내 모습을 보고 웃으며 말했다.

"내 웃음을 이상하게 여기지 마세요. 그대는 천국에 있으면서 아직 발은 지상에 있는 것처럼 진리를 대하는 자세가 미덥지 못하니, 부디 믿음과 신뢰를 갖도록 하세요. 그대가 본 것은 환영이 아니라 실체이며, 그들은 서원을 어긴 자들이기 때문에 가장 낮은 월광천에 있는 것이랍니다. 그들의 얘기를 잘 들어보세요."

달은 지구와는 가장 가깝지만 청화천에서는 가장 먼 하늘이었다. 여기 있는 영혼들은 처음과 끝이 한결 같지 못했기에 더 높은 하늘로 오르지 못하고 있었다. 나는 베아트리체의 말을 듣고서야 비로소 아까 얘기를 하고 싶어 하던 영혼의 실체를 확인할 수 있었다. 내가 그 영혼에게 물었다.

"오, 축복받은 이여, 누구든지 직접 맛보지 않고는 알 수 없는

---

5) 나르시스는 샘물에 비친 자신의 얼굴을 실물로 착각하고 사랑에 빠져 샘물에 몸을 던졌다. 그 자리에 수선화가 피어났다는 전설 속의 주인공이다.

천국의 은총을 누리고 있는 영혼이여, 그대는 누구이며 왜 이곳에 머물고 있는지를 얘기해 주시겠소? 대체 무엇이 그대로 하여금 서원의 맹세를 지키지 못하게 했나요?"

그러자 그 영혼은 주저 없이 말문을 열었다.

"나는 세상에서 하느님께 동정을 서원한 수녀였답니다. 그대도 어쩌면 알고 있을 내 이름은 피카르다 도나티[6]라고 합니다. 일찍이 아시시의 성녀 클라라는 프란시스코의 감화를 받고 수녀가 되어 최초의 여자 수도원을 세웠지요. 저는 속세를 떠나 피렌체에 있는 이 수도원에 들어가 생활하던 중에 악의 무리들에 의해 강제로 환속을 당해야 했지요. 자연히 타의에 의해 서원을 파기하게 되어 이곳 월광천에 머무르고 있답니다."

나는 얼른 피카르다를 알아보지 못했다. 지상에서의 모습과는 달리 거룩한 아름다움을 갖추고 있었기 때문이다. 지옥의 영혼들은 참혹하게 변해 알아볼 수 없었으나, 천국의 영혼들은 아름답고 거룩하게 변해 알아볼 수가 없었다. 나는 피카르다에게 선뜻 알아보지 못한 것을 사과하며 말했다.

"이곳 월광천에도 하느님의 은총은 충만하겠지요. 허나 이곳에 있는 영혼들도 더 높은 하늘로 오르기를 원할 테지요. 더 많

---

6) 겔프당의 우두머리 코르소와 포레세의 누이로, 단테의 아내 젬마와 사촌이다. 그녀는 정치적 야심가였던 큰오빠 코르소와 그의 수하들에 의해 수녀원에서 강제 납치되어 성격이 광포하기로 유명한 로첼리노 델라토자와 정략결혼을 했다.

은 것을 보고 더 많은 벗들을 얻고자 말이지요."

그녀는 내 물음을 어리석은 질문으로 치부했다. 그녀는 행복한 표정으로 각각의 하늘은 그 용량에 적당한 하느님의 빛을 받으며 그에 따라 그곳에 머무는 영혼들 역시 합당한 축복을 받게 된다고 말했다. 그러므로 어느 하늘에 있든지 다 만족하고 있다고 덧붙였다. 아울러 더 높은 하늘에 대한 열망이 있다면, 그 자체가 하느님의 섭리를 거스르는 일이며, 천국에서는 하느님의 의지가 곧 우리의 평화와 행복이라고 말했다. 마지막으로 쐐기를 박듯이 말했다.

"사랑의 힘이 우리로 하여금 현재의 자리를 지키게 하고 다른 욕망은 없답니다. 그게 축복받은 우리 영혼들이 가져야 할 자세지요. 그리고 그게 전능하신 하느님의 품안에서 머무르는 축복받은 영혼들의 행복이랍니다."

나는 피카르다의 말을 듣고서야 비로소 천국에서는 어느 하늘에 있든 그 모든 곳이 천국이라는 평범한 사실을 깨달았다. 천국에서는 하느님의 의지 속에 머무는 것 자체가 축복의 근본이며, 그것은 하느님의 섭리와 일치하는 것으로 그 속에 우리의 평화와 행복이 있는 것이다.

피카르다는 말을 마치고 자신과 비슷한 인생 역정을 겪었던 영혼을 소개했다. 그녀는 황후 콘스탄차[7]였다. 수녀였던 그녀는 강제로 환속했지만 세속에 돌아와서도 마음은 늘 수도원을 그리워했다.

피카르다는 콘스탄차를 소개한 후 성모 마리아를 찬미하는 '아베마리아'를 노래하기 시작했고, 노래를 부르면서 마치 무거운 물건이 물속으로 가라앉듯이 내 눈앞에서 사라졌다.

---

7) 그녀는 시칠리아의 왕 로체르의 막내딸로 역시 수녀원에서 강제로 납치되어 거룩한 서원을 파기했다. 그녀는 슈바벤 공국의 왕자 헨리 6세의 부인이 되어 프레드리히 2세를 낳았다.

## 제4곡

## 절대의지와 상대의지에 대하여

내 눈앞에서 피카르다는 사라졌지만, 그녀가 했던 말은 나에게 강렬한 두 가지 의문을 남겼다. 첫 번째 의문은 서원의 의지가 진실한데도 불구하고 타인의 폭력이 서원자의 공덕을 깎아먹을 수 있는가 하는 것이고, 두 번째 의문은 영혼들이 별에서 나와 별로 돌아간다는 학설은 옳은 것인가 하는 것이었다. 이 두 가지 의문 사이에 끼인 나는 어쩌지 못한 채 침묵을 해야 했다.

베아트리체는 나의 고민을 알고 있다는 듯이 말했다.

"나는 그대가 두 가지 의문 사이에 끼어 답답해하고 있는 걸 잘 알고 있어요. 어떻게 내 공덕이 다른 사람의 폭력으로 줄어들 수 있는가, 또 하나는 플라톤이 말했던 것처럼 영혼들이 별로 다시 돌아가는 것처럼 보이는가[8] 하는 것이지요. 먼저 두 번째 의문부터 풀어 드리지요."

베아트리체가 얘기를 이어갔다.

"그대가 제기한 두 번째 의문은 크나큰 신학적 과오가 있어요. 잘못된 학설일 뿐 아니라 해를 끼칠 수도 있지요. 하느님과 가장 가까이 있는 치품천사 세라핌이나 그 유명한 모세, 사무엘, 그리고 세례 요한과 사도 요한, 성모 마리아라 할지라도 조금 전에 그대가 본 피카르다나 콘스탄차와 다른 천국에 있는 것이 아닙니다. 이들 모두는 청화천인 엠피레오 둘레를 아름답게 장엄하면서 다만 하느님의 은총의 빛이 멀고 가까움에 따라 각기 행복한 삶을 누리고 있을 뿐이랍니다. 따라서 하느님의 축복과 은총이 하늘에 따라 많고 적은 것이 아닙니다. 천국은 하나이며, 모든 영혼은 사후에 거기서 살게 됩니다. 그러나 하나인 천국에서 각기 영혼들은 다른 층위에서 나타나게 됩니다. 그것은 각 별들이 제멋대로 영혼들을 배치했기 때문이 아닙니다. 그리고 천국의 여러 하늘에 대한 개념은 축복의 정도를 상징적으로 나타낸 것에 불과합니다. 천체의 별들이 인간의 삶에 영향을 미치지만, 별들이 개개인의 영혼을 천국의 어디에 배치할 것인가를 결

---

8) 플라톤은 영혼선재설을 주장했다. 각인의 영혼은 하느님께서 창조한 별에서 나와 사후에 다시 별로 돌아간다고 플라톤은 주장했다.

정하는 것은 아닙니다. 그건 전능하신 하느님의 역사에 의한 것입니다. 사람들이 알고 있듯이 별의 영향력이 그렇게 큰 것이 아닙니다. 로마시대에 별들에게 신성을 부여한 것은 아주 잘못된 것입니다."

베아트리체는 내가 이해하기 쉽게 얘기를 하고 싶어 했다. 그러니까 내 수준에 맞는 강론을 한 셈이었다. 그녀에 따르면, 나는 아직 감각에 의지해 사물을 판단하고 이해하는 수준을 벗어나지 못했던 것이다. 따라서 하느님의 말씀인 성경도 의인화시켜야 했고, 교회도 인간의 모습을 지닐 수밖에 없었다. 예컨대 예수 탄생을 예언했던 가브리엘 대천사나 미카엘 대천사, 그리고 라파엘 대천사 같은 천사들이 사람의 형상으로 나타나 하느님의 말씀을 전했던 것은 다 그런 이유 때문이었다.

이제 베아트리체는 내가 제기했던 첫 번째 의문에 대한 얘기를 시작했다. 그것은 하늘나라의 정의가 사람들에게 때로 불합리하게 보이는가에 대한 의문이며, 동시에 각 영혼이 머무르고 있는 위치에 대한 의문이기도 했다.

"자, 예를 들어 볼까요? 여기 폭행을 당한 자가 있습니다. 책임은 물론 폭력을 가한 자에게 물어야 마땅하지요. 그렇다고 폭행을 당한 자가 그 자체로 선이며 면죄가 되는 것일까요? 그렇지 않습니다. 폭행을 당한 자가 폭행을 강행한 자에게 아무런 의지도 보여주지 못했다면 일말의 책임이 있는 것입니다. 스스로 폭력에 굴복하는 것은 스스로 폭력을 돕는 것과 같으니까요. 적극적으로 방어하거나 대항해야 마땅하며, 그렇게 해야 설사 폭행을 당했더라도 성스런 향연의 자리로 돌아갈 수 있는 것입니다."

이어 베아트리체는 하느님의 의지에 대한 강론을 시작했다.

"이제 하느님의 의지의 본질을 얘기하지요. 의지는 두 가지로 나눌 수 있는데, 절대의지와 상대의지가 그것입니다. 예컨대 피카르다가 서원을 폭력에 의해 파기한 것은 상대의지이고, 환속한 콘스탄차가 서원의 베일을 벗지 않은 것은 절대의지입니다. 그러니까 피카르다는 이 두 의지의 모순을 드러낸 것입니다. 불꽃이 잠시 바람의 방해를 받을 수는 있지만 불의 속성은 불꽃을 위로 올라가게 하는 것과 같이 인간의 의지도 외압에 의해 서원을 파기할 수 있으나 폭력이 사라지면 선한 방향으로 움직이게 되는 것입니다. 마찬가지로 의지란 불꽃과 같아서 본성이 작용하는 한 꺾일 수가 없습니다. 결국 의지가 꺾였다는 것은 폭력의 불의가 발현될 수 있는 환경을 제공하게 되는 것이지요. 따지고 보면 피카르다나 콘스탄차는 수도원으로 돌아갈 수가 있었지만 폭력에 굴복을 해버린 것이나 마찬가집니다. 마땅히 두 영혼은 지옥에서 징벌을 받아야 했지만 하느님께서 긍휼히 여겨 월광천에 머무르고 있는 것입니다. 평화롭고 안정적인 상태에서 죄를 짓는 사람은 없지요. 죄는 어쩔 수 없는 상태에서 짓게 되는 것이라는 사실을 명심하세요. 우리는 불가항력적인 폭력 앞에서도 초지일관 의지를 관철시켰던 라우렌티우스[9]와 무키우스[10]를 모범으로 삼아야 합니다."

베아트리체는 의지의 본성이 발휘된 훌륭한 모범으로 이들을 칭송하면서, 콘스탄차가 환속한 후에도 마음속으로는 서원의 베일을 벗지 않았다고 했지만, 라우렌티우스와 무키우스와는 변별되는 것이라고 말했다. 서원은 하느님과의 약속이므로 어떤 상황 속에서도 파기될 수 없는 것이라고 덧붙였다. 그러면서 알크마이온의 일화[11]를 상기시켜 주었다.

알크마이온은 아버지의 유언을 실행하기 위해 친모를 살해하는 불효를 저질렀다. 아버지에게 효도하고 동시에 어머니에게 불효하는 모순에 빠졌던 것이다. 절대의지에 따르자면 아버지의 요구를 거절했어야 했지만 상대의지는 그를 모순에 빠뜨리고 말았다. 이처럼 폭력이 의지와 뒤섞일 때는 그가 누구든지 잘못을 변명할 수가 없다.

나는 베아트리체의 얘기를 듣고 모든 의문을 해소하게 되었다. 나는 베아트리체에게 감사의 말을 전했다.

---

9) 사제였던 라우렌티우스는 로마 황제가 뜨거운 불길이 치솟는 철판 위에 올려놓고 고문을 하자 이쪽은 익었으니 이제 뒤집어서 먹으라며 끝까지 항거하다 순교했다.

10) 로마를 공격하던 포르센나 왕을 암살하려다 실패하자 그 원인이 자신의 오른손에 있다면서 왕 앞에서 오른손을 불길 속에 집어넣어 태워버렸다.

11) 연옥편 제12곡에 나옴.

"하느님의 그대여, 그대의 긴 말씀이 나를 구원해 주었습니다. 이제야 마음이 평안해졌습니다. 부디 전능하신 하느님께서 그대에게 축복과 은총을 내려주시길 바랍니다."

베아트리체는 내 말에 미소로 화답했다. 나는 우리의 지성은 하느님이 빛을 밝혀주지 않는 한 만족할 수 없다는 사실을 깨달았다. 모든 진리 역시 하느님의 권능 안에서만 완성된다는 것과 그 외의 것은 다 헛된 망상이라는 것도 알았다. 나는 베아트리체의 설명을 들은 후 의문은 해소되었지만 어느새 내 마음속에는 새로운 의문의 파도가 밀려들었다. 그것은 한번 파기한 서원을 다른 선으로 대신할 수 있는가 하는 점이었다.

내 마음을 짐작이라도 하듯이 베아트리체는 거룩하고 사랑스러운 눈길로 나를 바라보고 있었다.

## 제5곡

### 성경과 교회의 권위

나는 베아트리체의 사랑스런 눈길을 받고 어리둥절해했다. 그녀의 몸에서는 범접할 수 없는 눈부신 광휘가 번쩍거렸다. 그 빛을 보는 것만으로도 눈이 멀 지경이었다.

"그대는 아무 걱정하지 마세요. 내 몸은 하느님께서 주신 거룩한 은총의 빛으로 가득 차 있답니다."

사랑은 우리 가슴을 뜨겁게 불태우고 때론 눈을 멀게 한다. 지상에서는 내가 베아트리체를 사랑했지만, 천국에서는 그녀가 나를 사랑하는 것인가. 사랑의 빛은 하느님을 인식한 대로 그것에 따라 깨달은 선만큼 실천하는 직관에서 나오는 것이다.

베아트리체는 사랑의 빛이 내 시력을 앗아간다 해도 놀라지 말라고 일러주었다. 물론 그녀의 거룩한 사랑의 빛으로 내 눈이 멀지는 않을 것이다. 그녀에 다르면 천상의 빛은 오를수록 강렬해지기 때문에 하느님을 만나게 되면 자신의 몸에서 나오는 빛과는 비교조차 할 수 없는 눈부신 빛이 나올 것이라고 했다. 따라서 앞날을 위해서 내 눈은 빛에 단련될 필요가 있다고 충고했다.

나는 베아트리체의 말에 안도와 위로를 느끼면서 그녀를 쳐다보았다. 그녀가 말을 이었다.

"나는 이미 그대의 지성 안에서 이 세상을 주재하시는 하느님의 위광이 빛나는 것을 보았습니다. 그 빛만으로도 우린 사랑의 불길을 타오르게 할 수 있답니다. 인간의 사랑이 지상의 것에 고정되었다면 그것은 하느님의 빛의 일부를 내포하기 때문이지요. 따라서 최고선에 직면했을 때 깨닫지 못한 영혼은 선 그 자체와 선의 일부를 분별하지 못하고 사소한 선에 이끌리게 됩니다."

그녀의 말에 따르면, 인간의 영혼은 근본적으로 선을 향하게 되어 있다. 하지만 때로 선을 벗어나 죄를 범하게 되는 것은 하느님의 공의인 선 그 자체와 선의 일부를 착각하는 데서 오는 것이라고 할 수 있었다.

이윽고 베아트리체는 내가 제기했던 의문, 즉 한번 파기된 서원은 다른 선한 공덕으로 대체될 수 있는가 하는 의문에 대한 얘기를 시작했다.

"하느님이 인간에게 주신 가장 큰 선물은 자유의지입니다. 이

선물은 오직 인간에게만 주어진 것으로, 그것은 이성을 가진 피조물만이 받을 수 있는 하느님의 특별한 은총입니다. 서원이란 자유의지에서 나온 것이며 하느님도 뜻을 같이 한 것이니, 그 값이 아주 비쌉니다. 따라서 함부로 서원을 해서는 안 되지요."

나는 새삼 서원은 무서운 약속이라는 사실을 깨달았다. 베아트리체의 말에 따르면, 그것은 한 사람의 자유의지가 하느님께 드리는 희생제와 같았다. 아울러 그것은 대체 불가능한 유일무이한 하느님과의 약속이다. 그 약속이 깨졌다면 어떻게 되는가? 다시 베아트리체가 입을 열었다.

"한 번 파기된 서원은 회복이 불가능합니다. 아무리 참회를 해도 마찬가지입니다. 이는 마치 도둑질한 물건으로 좋은 일을 하겠다는 것과 같은 것이지요. 그대도 알다시피 하느님의 나라에서 목적은 수단을 정당화시키지 못합니다. 한번 깨진 그릇은 원상회복이 안 되는 것과 같은 이치지요. 결국 본질적으로 한번 서원을 파기하면 그 죄는 씻을 길이 없게 되는 것입니다."

그렇다면 이곳 월광천에 있는 영혼들은 어떻게 해서 죄를 씻고 행복을 구가하고 있는가. 어떻게 하느님의 정의가 살아 있는 천국에서 이 같은 모순이 존재한다는 말인가. 이런 내 의문에 베아트리체는 명쾌한 대답을 해주었다.

"마음을 열고 제 말을 잘 들으세요. 그리고 뇌리에 새겨 잘 간직하세요. 사람의 지식이란 잘 간수하지 않으면 언제든지 바람처럼 날아가 버리니까요. 지금부터 내가 하는 얘기는 단단한 음식과 같아서 소화를 하기 위해서는 시간이 필요합니다. 마음을 열어 내 얘기를 받아들였다가 다시 마음을 안으로 굳게 잠그고 묵상을 하도록 하세요. 서원은 제물과 계약이라는 두 가지로 되어 있습니다. 여기서 제물은 바꿀 수 있으나 계약은 변경이 불가능합니다. 제물은 서원의 내용으로 순결, 청빈, 절제 같은 덕목을 말하지요. 하지만 서원의 본질은 하느님과의 약속이므로 그 약속을 이행하지 않고는 거기서 벗어날 수가 없습니다."

베아트리체는 이렇게 말하고 유대인의 예를 들어 설명을 계속했다. 유대인들이 하느님께 바치는 제물(번제)은 언제든지 더 좋은 것으로 바꿀 수 있었지만, 하느님과의 약속(서원)은 바꿀 수가 없었다. 비록 하느님의 사도 베드로가 두 가지 열쇠로 죄를 지은 영혼들을 치유해 주었지만, 근본적으로 우리는 최고의 선이신 하느님께서 그 죄를 용서해 주지 않는 한 우리 어깨 위에 놓인 짐을 내려놓을 수는 없다.

서원에 대한 베아트리체의 말은 이어졌다.

"지금까지 강조해 왔지만 서원 자체는 변경이 불가능합니다. 다만 서원의 내용은 두 가지 조건 아래서 변경이 가능하지요. 하나는 교회의 승인이고, 또 하나는 제물입니다. 파기된 서원은 재서원 안에, 그러니까 더 고귀한 것으로 봉헌되어야 하지요. 하느님에게 바치는 첫 예물보다 나중에 바치는 예물이 값이 쌀 수는

없습니다."

내가 생각하기에 베아트리체의 이 말은 피카르다와 콘스탄차의 서원을 겨냥한 것처럼 보였다.

그녀는 계속해서 모든 사람에게 서원을 경솔히 하지 말 것을 경고하면서 그 예로 입다[12]와 그리스 장군 아가멤논을 들었다. 입다는 섣부른 서원으로 자신의 딸을 번제물로 바칠 수밖에 없었던 인물이다. 아가멤논 역시 경솔한 서원으로 자신의 딸 이피게네이아를 제물로 바칠 수밖에 없었던 경험을 가지고 있었다.[13]

나는 두 사람의 서원을 위한 서원이 더 큰 과오를 저지르게 되는 것을 보면서 차라리 처음부터 잘못을 인정했으면 좋았을 것 같다는 생각을 갖지 않을 수 없었다.

마지막으로 베아트리체는 기독교인들에게 서원의 엄중함을 경고하며 성경과 교회의 권유를 안내 지침으로 사용할 것을 주문했다. 바람 앞의 깃털처럼 가볍게 행동하지 말라고 말했다. 일부 탐욕에 빠진 수도승들이 돈을 받고 서원 파기에 대한 면책을 해준다고 해도 현혹돼서는 안 되며, 우리에게 어미의 젖과 같은 성경과 교회의 가르침을 떠나서는 안 된다고 강력하게 경고했다.

---

12) 구약성서의 인물. 암몬족과의 싸움에서 이기게 해준다면, 맨 처음 마중 나온 사람을 번제물로 바치겠다고 야훼에게 서원했다. 싸움에서 이기고 돌아오는 날 맨 처음 마중 나온 이는 다름 아닌 외동딸이었고, 결국 입다는 외동딸을 번제물로 드린다.

13) 그리스 군대가 바람이 불지 않아 출항하지 못하자 결국 아가멤논은 여신 아르테미스에게 딸을 제물로 바친다.

베아트리체가 긴 얘기를 마치고 조용히 눈을 들어 높은 데로 돌렸다. 그 모습이 아름답고 경건해서 나는 질문할 것이 있었으나 감히 묻지 못했다. 그 사이 우리는 아주 빠른 속도로 두 번째 하늘 수성천을 향해 오르기 시작했다. 얼마나 빠른지 활시위를 떠난 화살이 멎기도 전에 과녁을 맞힌 것 같았다.

베아트리체가 두 번째 하늘에 들어가자 수성천은 더욱 찬란하게 빛이 났다. 감히 그 양을 측정할 수 없는 무량한 빛이 나에게 쏟아졌다. 수성천의 영혼들이 몰려나와 나를 환영했다. 그들은 모두 기쁨에 가득 차 있었다. 휘황한 빛으로 변한 영혼들 중에 한 영혼이 말했다.

"지상의 생을 다하기 전에 하느님의 은총을 입어 영계를 순례하는 자여, 육체를 지닌 채 하느님의 보좌를 보도록 태어난 그대를 환영합니다. 우리는 하느님의 축복과 은총의 빛에 둘러싸여 있습니다. 그대가 원한다면 그 빛을 그대한테도 드리겠습니다."

베아트리체는 나에게 저 영혼들을 신처럼 믿으라고 말했다.

이에 나는 귀한 영혼 하나에게 그대는 누구이며 왜 여기 있느냐고 물었다. 그러자 기쁨에 겨운 영혼들은 자신을 하느님의 빛 가운데 숨기고 화답했다.

## 제6곡

## 유스티니아누스의 로마사 강론

나는 눈부신 빛에 둘러싸여 그 모습을 좀처럼 볼 수 없었던 영혼에게 다가갔다. 그는 유스티니아누스 황제였다. 그는 라비니아 출신으로 서로마 멸망 후 즉위한 황제였다. 그가 말문을 열었다.

"나는 유스티니아누스라고 하오. 라비니아에게 장가를 들었던 옛 사람의 뒤를 따라 일찍이 독수리가 쫓았던 하늘의 길을 거슬러 콘스탄티누스가 그 독수리를 되돌려 놓은 지 200년이 지나서야 다시 내 손에 이르게 되었소이다."

나는 대체 그가 무슨 말을 하는지 어리둥절했다. 그의 말은 상징으로 가득 차 있어서 언뜻 들으면 이해할 수가 없었다. 나는 좀 더 현실적인 설명을 듣고 싶어 구체적으로 생전에 세상에서 무슨 일을 했느냐고 물었다.

"나는 많은 일을 했지만 그중에서도 로마의 법전을 만들었소이다. 처음 나는 그리스도의 신성만을 믿었으나 교황 아가페투스[14]의 지도로 인성도 믿게 되었다오. 나는 하느님의 의지에 따라 5년에 걸쳐 로마 법전을 편찬했으며, 소피아 성당을 건립하기도 했소. 그 밖에도 내 치세에는 잃어버렸던 옛 영토를 회복하여 제국 통치의 기반을 닦았고, 동로마제국의 전성기를 구가했지."

나는 그 말을 듣고서야 비로소 그가 아까 했던 말이 이해가 되었다. 라비니아는 로마제국 시조 아이네이아스의 부인이었고, 독수리는 로마제국의 상징이었다. 콘스탄티누스는 312년에 기독교를 공인한 황제로 후에 수도를 로마에서 비잔틴(콘스탄티노플)으로 옮겼는데, 이는 트로이에서 이탈리아로 온 아이네이아스의 길을 거꾸로 돌려놓은 것이며, 동시에 제국의 권위를 실추시킨 사건이었다. 그 후 200년 후 유스티니아누스가 황제로 등극했다. 아까 유스티니아누스가 한 말은 이를 두고 한 말이었다.

이후 유스티니아누스는 로마의 건국신화로부터 역대 왕들과 영웅들의 행적을 소개하며 카이사르의 통치와 그리스도 시대의 일을 언급하고, 역사를 통해 이탈리아의 불행의 원인과 현실을

---

14) 단성설을 주장하던 총대주교 안티모를 단죄하여 유스티니아누스 1세의 지지를 얻었다.

개탄했다. 아울러 현실에서 벌어지고 있는 기벨린당과 겔프당의 이전투구의 싸움을 비판하고 고대 로마 역사를 회고하며 그 속에서 교훈을 얻어야 한다고 역설했다. 이어 일찍부터 로마제국을 상징하는 독수리 깃발을 두고 자웅을 겨뤘던 왕정시대의 영웅들을 언급하기 시작했다.

"이 모든 문제의 시작은 팔라스[15]가 죽고 그 왕위가 아이네이아스에게 돌아갔을 때부터 비롯되었소. 투르누스는 팔라스 왕을 죽이고 팔라스 왕관을 자신의 머리에 썼지요. 팔라스는 아이네이아스를 도와 싸운 전사였으므로 아이네이아스가 가만히 있었겠소? 그는 괴력을 발휘해 팔라스의 원수를 갚기 위해 전쟁을 벌여 폭군 투르누스를 물리치고 팔라스의 원수까지 갚게 되자 백성들의 신망을 얻게 되었다오. 이후 그의 아들 아스카니오스가 세운 라티누스 왕국의 오래된 도시 알바를 혹시 그대도 알고 있소? 로마의 전신으로 여겨지는 그 고도에서 이후 300년이나 왕국이 유지되었지요. 그리고 여기서부터 실질적인 로마의 역사는 시작되는 것이오."

이탈리아 사람이라면 이와 같은 역사를 알고도 남았다. 나 역시 그 이후의 역사를 소상하게 알고 있었다.

전설에 따르면 로물루스가 로마를 창건했다. 초대 왕이었던

---

15) 에우안드로스 왕의 아들로 아이네이아스를 도와 투르누스와 싸우다 죽었다.

로물루스에게는 고민거리가 있었는데, 남자에 비해 여자가 절대적으로 부족하다는 것이었다. 그는 이에 대한 고육지책으로 이탈리아 중부 지방에 살고 있던 고대 종족인 사비니 족을 초청하여 잔치를 벌였다. 잔치가 무르익을 즈음, 사비니 여인을 납치하여 그들의 아내로 삼았다. 사비니 여인들의 불행에서 남편의 극형과 함께 시숙으로부터 능욕을 당해 자살을 해버린 루크레티아[16]의 비극에 이르기까지 일곱 왕정시대의 깃발은 그 영역을 넓혀가며 천하무적의 위용을 과시했다. 이 시대는 외적을 물리치고 수많은 승리를 거두었던 시대의 영웅들로는 전쟁에서 군기를 세우기 위해 아들까지 처형시킨 토르콰투스[17]와 청렴결백했던 퀸크티우스, 그리고 3대에 걸쳐 조국을 위하여 목숨을 바친 명장 파비우스[18]와 데키우스[19]가 있었다. 유스티니아누스의 로마 역사에 대한 얘기는 계속되었다.

"카르타고의 명장 한니발이 스페인을 거쳐 파죽지세로 알프스를 넘어 이탈리아를 침공했을 때 이를 물리친 것은 스키피오 장군이었지. 이어 군인이자 정치가였던 폼페이우스는 북아프리카 전선에서 승리를 거둔 명장으로 카이사르와 크라수스와 더

---

16) 로마의 마지막 왕 타르퀴니우스의 아들 섹스투스에게 겁탈을 당해 자결했다.

17) 갈리아족을 격퇴시킬 때 명령을 어긴 자기 아들을 처형시킴.

18) 고대 로마의 장군.

19) 고대 로마의 황제.

불어 삼두정치를 했다네. 두 장군 역시 독수리 깃발 아래서 로마로 개선을 했었지. 황제의 영혼이 그 여세를 몰아 독수리 깃발은 그대가 태어난 피렌체 언덕에서 또 한 번 위세를 떨쳤게 되었고."

그 후에도 독수리 깃발을 움켜쥔 카이사르에 이르러 로마제국은 가장 강력한 힘을 떨치게 되었다. 이윽고 깃발은 라벤나를 떠나 루비콘 강을 건너 사방 각지로 뻗어나갔는데, 그 속도가 너무나 신속하여 우리의 혀나 펜이 따라갈 수 없었다. 지중해에서 이집트의 나일 강에 이르기까지 독수리의 깃발이 휘날렸다. 그러나 역대 황제가 독수리 깃발 아래 식민지 곳곳에서 행한 선행과 업적은 그 빛을 잃게 되었다. 이는 티베리우스 황제 재위 때에 이르러 인류 역사의 분기점을 이루는 예수의 탄생과 죽음이 있었기 때문이다.

유스티니아누스의 역사 강의는 계속되었다.

"예수의 탄생과 죽음은 티베리우스 황제 때 일어난 일이라오. 하느님께서는 아담의 죄에 대한 분노를 티베리우스의 손에 일임했던 것이지요. 황제 티베리우스의 대리인이 빌라도이고, 그가 그리스도의 처형에 가담했던 것은 하느님의 섭리이기도 했소. 그리고 그리스도를 죽인 유대인의 죄악을 단죄하기 위해 로마의 장군 티투스로 하여금 예루살렘을 함락하고 불태워버렸던 것이지요."

그의 로마 역사에 대한 얘기는 끝이 없었다. 이제 영광과 오욕으로 이어진 로마의 역사는 마지막을 향해 가고 있었다. 시계바퀴를 700년 뒤로 돌려 게르만 민족을 통합하고 영토를 확장했던 샤를마뉴에 대해 말했다. 그는 장발족 롬바르드의 이빨이 로마를 침공 교회를 박해했을 때 이를 물리쳤고, 이후 신성로마제국의 영광을 차지했다. 그 뒤 사정은 겔프당과 기벨린당으로 나뉘어 서로 로마제국의 독수리 깃발을 두고 이전투구를 하고 있는 형국이었다. 유스티니아누스는 이에 대해 어느 쪽이 더 큰 죄를 짓고 있는지 판단하기 어렵지만 모두 하느님의 정의를 외면하고 있다고 비난하면서 불행을 면치 못할 것이라고 경고했다.

이렇게 긴 얘기를 끝내고 비로소 유스티니아누스는 내 두 번째 의문에 대한 얘기를 시작했다. 그는 말하기를 이곳 수성천에 있는 영혼들은 지복자들이라고 했다. 그들은 하느님의 사랑에 의해 선행을 했을 뿐만 아니라 지상에서의 명성에 의해서도 동기가 유발된 사람들이라도 했다. 그에 따르면 지상에서의 명예의 추구는 하느님의 나라에 대한 관심을 경감시켰다. 그래서 천국에서는 낮은 수준의 행복을 누리며 살고 있다고 일러주었다. 그럼에도 불구하고 이곳에 있는 영혼들은 자신들에게 주어진 은총과 축복에 감사하고 있었다. 그것은 하느님의 축복은 자신들의 공덕과 일치하기 때문이었다.

"우리는 살아 있는 하느님의 공의 아래서 근심 걱정 없이 살고 있지요. 여러 가지 악기가 어울려 화음을 이뤄내듯이 이곳에도 여러 계층의 영혼들이 각기 아름다움을 빛내며 조화를 이루고 있다오. 그중에는 행색이 초라했던 순례자 로메오의 영혼도 빛을 발하고 있으니 내 그대에게 그를 소개하리다."

미천한 사람이며 순례자였던 로메오는 어느 날 프로벤차에 갔다가 프로방스의 백작 레이몽 베랑제에게 눈에 띄어 궁궐의 재정을 담당하는 등 가신으로 일했다. 그는 백작의 네 공주를 모두 왕가와 결혼시키는 데 주역을 담당했다. 이는 자신을 거둬주었던 백작에게 은혜를 갚으려는 로메오의 노력 때문에 가능한 일이었다. 그러나 귀족들의 시기와 모함을 받고 귀가 솔깃해진 레이몽 백작은 그에게 횡령죄를 뒤집어씌워 내쫓아버렸다. 결국 늙은 로메오는 궁전을 떠나 문전걸식하며 목숨을 연명하게 되었다.

유스티니아누스는 세상 사람들이 그의 충직한 마음을 알지 못하고 있다고 안타까워하며, 그의 현세의 빛나는 업적은 푸대접을 받고 있다고 비판했다.

제7곡

## 내 의문에 대한 베아트리체의 대답

"호산나! 만군의 주님이시여, 당신은 더없이 높은 곳에서 풍요한 빛을 발하시어 이 하늘나라를 두루두루 복되게 하시는도다."

나는 두 겹의 빛에 둘러싸여 강론을 마친 유스티니아누스와 그 반려들이 함께 노래를 부르며 홀연히 자취를 감추는 것을 바라보았다. 그것은 마치 바람에 날리는 불티처럼 홀연히 사라졌다. 나는 그들이 사라지는 것을 보면서 속죄에 대한 의문이 일었으나 입을 열지는 못했다. 베아트리체가 옆에서 미소를 짓고 있었다. 나는 그녀의 미소 앞에서 한없이 작아졌다.

지금까지 베아트리체는 내 궁금증을 해소시켜 주는 존재였다. 물론 베르길리우스에 이어 천국의 안내자이자 때로는 내 잘못을 꾸짖고 타이르는 준엄한 스승이면서 거룩한 연인이기도 했다. 그는 거룩한 빛을 발산하며 내게 저절로 경외심을 갖게 만들었다. 나는 의문을 품은 채 생각에 잠겨 고개를 숙이고 서 있었다. 그러자 베아트리체가 내 속마음을 꿰뚫어보고 입을 열었다.

"무엇이 그대를 생각에 잠기게 했습니까? 그대는 여전히 의문 투성이처럼 보이는군요. 그대의 의문은 어떻게 의로운 복수가 다시 보복을 당할 수 있는지 하는 것이겠지요. 그것은 십자가에 못 박혀 돌아가신 하느님의 정의에 대한 얘기기도 하고요. 이제 그대의 의문을 풀어보도록 하지요."

내 의문의 핵심은 아담의 죄에 대한 대속이 예수의 십자가 처형에서 유대인을 통해 정당하게 집행되었다면, 왜 그다음에 예루살렘 멸망으로 또 유대인은 보복을 당하게 되었는가 하는 것이었다. 베아트리체는 아담의 죄는 징벌을 받았으며, 이것은 죄에 대한 하느님의 복수라고 했다. 이 복수는 정당하다는 것이었다. 그리고 예수를 죽음에 넘긴 유대인의 죄는 로마의 장군 티투스에 의해 정당하게 복수를 하게 되었다고 했다.

"하느님은 아담을 직접 창조했지만 그는 분별력을 잃고 죄를 지어 인류 전체에 해악을 끼쳤습니다. 그 결과 인류는 오랫동안 원죄를 끌어안고 고통 속에서 헤매다가 예수 그리스도의 대속으로 인해 그 굴레를 벗어나게 되었지요. 따라서 그리스도의 죽음은 원죄에 대한 정의로운 복수였으나 이로 인해 여러 가지 문제가 가지를 치게 되었습니다. 그리스도의 죽음은 하느님의 의지를 실현시킨 것입니다. 아울러 그리스도의 죽음은 유대인들의 증오를 만족시킨 것이기도 합니다. 그 결과 예루살렘의 멸망이라는 대재앙을 맞이한 것이지요."

나는 그렇다면 왜 하느님은 인간의 구원을 위해 골고다 언덕에서 독생자의 죽음을 택하셨는지 궁금해졌다. 베아트리체가 다시 설명을 시작했다.

"다른 길이 있었다면 하느님께서 왜 그 길을 선택하지 않았겠어요. 결국 다른 길이 없었던 겁니다. 인간은 원죄로 인해 스스로의 힘으로 벗어날 길이 없었던 것입니다. 따라서 하느님께서는 복수의 복수라는 방법을 통해 당신의 사랑과 정의를 동시에 만족시켜 인간을 하늘나라로 이끄는 대사면을 단행한 것입니다. 역사적으로 보면 천지창조의 날과 앞으로 있을 최후의 심판의 날 사이에 이처럼 고귀하고 거룩한 일은 없을 것입니다. 자신을 십자가에 매달아 죽임으로써 우리의 죄를 대속해 인간을 해방시켰던 것이지요."

나는 베아트리체의 말을 듣고 첫 번째 의문이 해결되자 곧이어 두 번째 의문이 일어났다. 그것은 스콜라 철학 창시자이자 캔터베리 대주교였던 성 안셀무스의 화두이기도 했던 '왜 신은 인간이 되었는가?'에 대한 의문이었다. 베아트리체가 말했다.

"아까도 말했지만 하느님께 죄를 저지른 인간은 그 어떤 것으

로도 결코 그 죗값을 갚을 수가 없습니다. 오직 영원한 죽음만이 기다리고 있을 뿐이지요. 이 딜레마를 해결하기 위해서는 십자가의 대속만이 하느님께 나아갈 수 있는 유일한 길이었지요. 그러므로 십자가 대속의 죽음은 그의 인성의 측면에서 바른 형벌입니다. 허나 신성의 측면에서 볼 때는 신성모독이며 대단히 불의한 것입니다. 하느님께 구원을 성취하는 길은 두 가지인데, 하나는 자비의 길이며 다른 하나의 길은 공의의 길입니다. 하느님께서 독생자 아들을 보내주셔 자비심을 나타냈고 골고다 언덕의 고난과 십자가 죽음을 통하여 하느님의 공의를 보여주셨던 것입니다. 이제 그대는 내 말을 잘 새기고 하느님께서 역사하시는 섭리의 심연을 잘 들여다보도록 하세요."

베아트리체는 이렇게 말을 마치고, 사람들은 이 같은 대속의 길을 통해서 우리 삶을 해방시켜 준 은총을 저버리고 종종 교만해지기 쉽다고 경고했다. 그녀는 인간의 교만이 하늘을 찔렀던 바벨탑의 예를 들어 교만을 경계하라고 말했다. 베아트리체의 말은 결국 하느님의 아들이 사람이 됨으로써 사람이 비로소 하느님의 나라에 참여할 수 있게 되었다는 것이다. 그러므로 그리스도를 사랑하는 것은 하느님을 사랑하는 것과 같으며, 이로써 우리는 하느님 아버지라고 부를 수 있는 축복을 받았다고 덧붙였다.

베아트리체는 내가 세 번째 질문을 할 것을 알고 미리 반문했다.

"그대는 어찌하여 하느님이 직접 만드신 물질이 영원하지 못하고 부패하는가 하는 질문을 하고 싶은 것이겠죠."

나는 그렇다고 수긍하면서, 천국은 영원한 것인지, 또한 천국 역시 하느님의 피조물일진대 현상적으로는 그 구성 물질들은 썩고 부패하는 것은 아닌지 물었다. 베아트리체가 간곡하게 말했다.

"지금 그대와 내가 있는 이곳은 전능하신 하느님의 의지에 따라 완전하게 창조된 곳입니다. 그 어떤 사소한 오류나 미세한 오차도 없답니다. 완전무결하며 영원불멸이란 말이지요. 하느님은 물질을 창조하셨지만 그 형상은 부차적인 원인에 의하여 결정되었는데, 그것이 물질들이 부패하고 소멸되는 이유랍니다. 하느님이 주관하시는 천체의 질서 안에서 그것들은 여러 가지 원소들이 결합되어 각기 그 형상을 부여받은 것에 불과한 것이기 때문입니다."

"그렇기는 해도 인간은 다르겠지요. 성경에도 나와 있듯이 인간은 하느님의 숨결이 스며 있는 게 아닙니까?"

"물론 그렇답니다. 인간의 육신과 영혼은 하느님이 숨을 불어넣어 창조하셨으며, 이 때문에 우리는 무의식 가운데서도 항상 예수 그리스도를 찾고 그리워하는 것입니다. 우리의 육체와 영혼은 하느님에 의해 직접 창조되었으므로 다른 원소들의 구성에 의해 만들어진 물질과는 달리 썩거나 부패하지 않습니다. 영원불멸의 완전체랍니다. 사후 인간의 영혼과 육신은 일시적으로 분리 이탈되지만 그것은 소멸이 아니라 최후 심판의 날에 부활을 통해 살아나게 되는 것입니다. 그건 불가피한 하느님의 섭리입니다. 맨 처음 조상 아담과 하와가 함께 창조되었을 때 사람의 육체가 어떠했는가를 생각해 보면 우리 인간은 영원히 죽지 않는다는 것을 알 수 있을 것입니다."

# 제8곡

## 마르텔과의 대화

예로부터 사람들은 금성이 키프로스 바다에서 떠오른다고 믿었다. 달에서 세 번째에 위치한 금성의 빛은 사람들을 사랑으로 미치게 한다고 생각했다. 그래서 이교도들은 금성을 비너스라 부르며, 사랑의 신으로 경배했다. 디오네[20]를 그 어머니로 큐피드를 아들로 여겼으며, 카르타고의 여왕 디도의 무릎 위에 큐피드가 앉아 있다가 사랑의 불을 지른다고 여겼다. 금성은 수성과 태양 사이에 위치하며, 하루 두 번씩 한 번은 태양의 뒤를 한 번은 태양의 앞을 돌고 있다.

---

20) 하늘의 신 우라노스와 땅의 여신 가이아의 딸. 제우스와 사이에서 비너스를 낳았다.

나는 금성이 아침저녁으로 태양의 사랑을 받는 아름다운 여인 같다는 생각이 들었다. 그 때문인지 나는 베아트리체가 더욱 빛나는 것을 보고 비로소 금성에 올라온 줄 알게 되었다. 이렇게 천국의 길은 의식하지 못하는 사이에 부지불식간에 오고가는 것처럼 보였다.

나는 금성의 빛 속에서 지복의 영혼들이 빙글빙글 도는 것을 보았다. 휘황한 빛이 영혼들을 둘러싸고 있는 가운데 얼굴 가득 기쁨에 찬 표정으로 빙글빙글 원을 그리는가 싶더니 바람처럼 빠른 속도로 세라핌을 따라 우리를 맞이하러 모습을 드러냈다.

내가 먼저 그들을 반기며 인사했다.

"지혜롭게 세 번째 하늘을 움직이는 영혼들이여, 우리 또한 기쁨에 차 있으나 그대들의 기쁨을 위해서라면 가만히 있으리라."

세라핌은 청화천에 살고 있는 최고위급의 천사였다. 세라핌이 이끄는 영혼의 행렬들 맨 앞에서 '호산나!'를 외치는 경건한 찬송이 들려왔다.

그리고 한 영혼이 앞으로 나서며 말했다.

"우리는 천상의 어른들인 천사들과 함께 하늘을 회전하며 기쁨에 넘쳐 노래하고 있습니다. 그대도 우리와 함께 이곳에서 하느님의 축복과 은총을 누리기를 바랍니다. 그대가 이곳에 머무는 일 자체가 우리에겐 잔칫날과 같지요. 우리가 이렇게 잠시 머무르는 것도 즐거움이랍니다. 부디 하느님의 영광 아래서 충만

한 기쁨을 누리길 바랍니다."

나는 고개를 돌려 베아트리체를 바라보았다. 그녀는 금성천의
빛을 받아 그 어느 때보다 아름다웠다. 진주처럼 반짝이는 무언
의 눈빛은 자애로웠고 사랑을 가득 담고 있었다. 나는 기쁨에 겨
워 내게 말을 했던 영혼에게 물었다.

"거룩하게 빛나는 영혼이여! 그대는 누구신가요?"

"저 세상에서의 내 생은 아주 짧았지요. 나는 불과 스물네 살
에 삶을 마무리했죠. 내가 좀 더 살았더라면 내 사후에 벌어졌
던 크고 작은 재앙을 막을 수 있었을 겁니다. 학정은 물론 그대
의 추방도 없었을 것이오. 프로방스와 나폴리와 귀도 왕국의 왕
관이 나를 기다리고 있었지요. 그 전에 도나우 강이 독일의 기
슭을 떠났을 때 내 머리 위에서 벌써 헝가리의 왕관이 빛나기도
했고요. 아, 하지만 권력이 뭐라고 몹쓸 권력 때문에 왕관이 아
우 로베르트에게 넘어갔지요."

나는 그의 말을 듣고 비록 그가 자신의 이름을 말하지는 않았
지만 프랑스 앙주가의 카를로 2세의 아들 카를로 마르텔로라는
것을 알 수 있었다. 마르텔로의 어머니는 헝가리 왕의 딸 메리였
고, 훗날 합스부르크가의 딸 클로멘스와 결혼해 슬하에 세 자녀
를 두었다.

마르텔로를 둘러싸고 있는 빛이 너무 강렬하여 그 모습이 잘
보이지는 않았다. 그는 내가 지상에 있을 때 존경했던 인물이며

한 번 만난 적도 있었다.

그는 시칠리아에서도 자기 후손들이 왕이 되기를 기다리고 있을 것이라고 말했다. 시칠리아 사람들은 에트나 화산의 연기 때문에 고통을 받곤 했다. 사람들은 제우스의 번개에 맞아 죽은 머리 100개 달린 거인 티폰[21]이 에트나 산 아래 묻혀 있다가 몸부림을 치는 바람에 화산을 폭발시켰다고 믿고 있었다.

"허나 그건 전설일 뿐이었지요. 실은 유황 화산 때문에 시칠리아는 늘 뿌연 안개에 싸여 있었소. 시인들에게는 그게 오히려 시적 영감을 불러일으켰지요. 아마 지금도 그곳 사람들은 내 핏줄을 이어받은 후손들이 왕이 되기를 기다리고 있을 것이오."

마르텔로는 이렇게 말하면서 비극은 일찍부터 씨앗을 잉태하고 있었다고 말했다. 앙주 1세가 폭정으로 백성들을 도탄에 빠뜨렸던 일이 그것이었다. 결국 견디다 못한 시칠리아의 수도 팔레르모 시민들이 봉기를 일으켜 정권이 무너지고 말았다. 그 뒤를 이어 등장한 마르텔로의 아우 로베르토가 나폴리 왕으로 즉위했으나 예전의 봉기를 교훈으로 삼지 않은 결과 다시 봉기가 일어났다.

"아, 불행한지고! 내 아우 로베르토는 그 자신뿐만 아니라 백성들을 위해서도 선정을 펼쳤어야 했건만 무지한 폭정으로 백성

---

21) 티포에우스라고도 하며 가이아와 암흑의 신 타르타로스 사이에서 태어났다.

들을 도탄에 빠뜨렸으니 그 결과야 뻔하지 않았겠소! 거기다 무거운 세금으로 백성들의 원성을 샀으니 배가 뒤집히지 않을 수가 없었지요."

마르텔로의 말을 듣고 보니 한 가지 의문이 생겨났다.

"어떻게 그렇게 좋은 씨에서 쓰디쓴 열매가 나올 수 있는지 궁금합니다."

마르텔로가 즉시 대답했다.

"내가 그대에게 진실을 알려줄 테니 눈앞에서 확인할 수 있을 거요. 천체를 섭리하시는 하느님의 질서는 한 치의 어긋남이 없소. 하느님께서는 개개인에 대해 고유한 개성과 적절한 목표를 미리 정해 놓으셨지요. 이와 함께 개개인에 조응하는 천체의 움직임도 화살이 과녁을 향해 날아가는 것처럼 정확하게 움직이고 있소. 만약에 하느님의 섭리 아래 있는 자연이 법칙대로 움직이지 않는다면 지상은 폐허가 될 것입니다. 그것은 하느님이 천사들을 그 계급에 따라 다스리고, 다시 천사들이 별들을 다스려 우리 인간에게 영향력을 미치게 되기 때문이지요. 그대에게 더 설명이 필요한지 모르겠소."

"아닙니다. 나는 지금 하느님과 그 피조물이 마땅히 있어야 할 자리에 있는 것을 보고 있기에 더 이상 설명은 필요가 없을 듯합니다."

내 말을 들은 마르텔로는 지상의 사람들이 각자 서로 다른 직무를 수행하지 않는다면 시민생활이 영위될 수 없다고 말했다. 그는 그 예로 입법가 솔론[22]과 크세르크세스[23] 장군, 제사장인 멜기세덱,[24] 이카루스의 아버지 다이달로스를 들었다. 그에 따르면 돌고 도는 천체의 힘은 인간을 포함하는 삼라만상에 완전한 도장을 찍지만, 그건 혈통과 유전 때문이 아니라 별의 영향력과 본성 때문이라고 했다.

마르텔로는 야곱과 에서의 예를 들어 개인의 소질과 개성은 혈통의 유전이 아니라 천체(별)의 힘이라고 말했다. 이삭의 쌍둥이 아들인 야곱과 에서는 이미 태중에서부터 그 성격이 완전히 달랐으며, 또한 천한 출신임에도 로물루스는 로마의 조상이 되었다고 덧붙였다. 만일 이러한 하느님의 섭리가 없다면 자식은 아비의 길을 가야 했을 것이고, 이는 하느님의 자유의지와 어긋나는 것이었다. 마르텔로는 마지막으로 한마디를 덧붙였다.

"이제는 사실이 분명해졌으리라 믿소. 내 말로 겉옷을 삼으면 모든 것이 확실해질 것이오. 하느님께 부여받은 개개인의 소질은 좋지 못한 조건에 처해질 경우 열매를 맺지 못할 수도 있지요. 그것은 땅에 뿌려진 씨앗의 운명과도 같습니다. 세상이 하느

---

22) 기원전 7세기에 활동한 아테네의 정치가이자 입법가.
23) 고대 페르시아의 왕.
24) 살렘 왕으로, 대제사장으로서의 그리스도를 상징한다.

님의 섭리에 따라 그 본성을 닦았더라면 좋았을 것을……. 그러
나 인생은 반드시 그렇지 못하니 알다가도 모를 일이지요. 칼을
잡아야 제격인 로도비코[25)]가 사제가 되고, 설교를 하기에 적당
한 내 아우 로베르토가 왕이 되는 게 세상의 일이라오. 내 가문
처럼 한 뿌리에서 나온 형제가 서로 다른 운명의 길을 걷기도 하
는 것이라오."

　마르텔로는 이렇게 말을 마치고, 자신의 자식들이 얼마나 사
악한 죄를 저질렀으며 또 앞으로 어떤 죗값을 받게 될 것인지를
예언하고는 사라졌다.

---

25) 마르텔로의 동생을 말하며, 그는 보니파시오 8세에 의해 툴루즈의 주교로 임명을 받
　았다.

## 제9곡

# 애욕의 두 영혼 쿠니차와 폴코

    나는 아직도 베아트리체와 함께 금성천에 머물고 있었다. 이곳에는 지상에서 애욕의 몸을 던졌던 영혼들이 머물고 있었다. 나는 거룩하게 빛나던 마르텔로가 하느님한테 돌아가며 남긴 마지막 얘기를 묵상하며 한참 동안 서 있었다.

    그리고 얼마 후 찬란한 빛에 에워싸인 한 영혼이 다가왔다. 그는 환하게 미소를 지었는데, 마치 나를 바라보던 베아트리체의 미소와 같았다. 내가 정중하게 말문을 열었다.

    "오, 축복받은 영혼이여! 그대는 내 마음을 잘 알 것이니 어서 그대의 마음을 드러내 보여주시기를 바랍니다."

    그러자 빛나는 영혼은 기다렸다는 듯이 말했다.

"그대의 고향이기도 하니 잘 알고 있을 테지요. 나는 베네치아 북쪽의 지저분한 소택지 트레비소의 한쪽에 있는 로마노 언덕에서 살았답니다. 이 언덕에는 에첼리노 성이 우뚝 자리를 잡고 서 있지요. 일찍이 피에 굶주렸던 에첼리노 3세가 폭군으로 군림하며 이 일대를 황폐화시켰는데, 그는 나와 남매간이었답니다. 이곳 사람들은 나를 쿠니차 다 로마노라고 불렀지요."

쿠니차는 생전에 두 명의 애인과 네 명의 남편을 두었을 뿐만 아니라 사치와 노래를 즐긴 자유분방한 여인이었다. 그러나 만년에 이르러 성령의 도움을 받아 자신의 죄를 회개하고 정화했다. 이후에는 세속에 대한 욕망을 끊고 뜨거운 열정으로 하느님을 섬겼다. 그 결과 하느님의 은총을 입어 빛이 가득 찬 이곳 금성천에서 머물며 행복을 구가하고 있었다.

그녀는 자신의 과거 죄악을 기억하고 있지만 더 이상 괴로워하지 않고 오히려 그런 죄악을 씻고 은총이 가득 찬 이곳에 온 것을 영광으로 여기고 있다고 말했다. 그리고는 마르세유의 폴코[26] 주교를 소개했다.

하느님을 일심으로 섬겨 수도원 원장이 된 주교로서 이단자들에게 가차 없는 판결을 내려 세상 사람들의 명성을 얻었다. 쿠

---

26) 폴코는 젊었을 때 음유시인으로 이름을 날렸고, 한때는 방탕한 생활을 했지만 훗날 대오각성하고 개심하여 수도원에 들어가 마르세유의 주교가 되었다.

니차는 그의 명성이 수백 년은 더 계속될 것이라고 말하면서 덧붙였다.

"지상에서의 육체적 삶이 첫 번째 생이라면 사후 영적인 삶은 두 번째 생이라고 할 수가 있지요. 영적인 삶은 후세에 명성을 남기는 삶이지요. 이러한 사실을 그대도 잘 알고 있을 것입니다. 그러나 이탈리아 북쪽의 사람들은 그렇지를 못하니 걱정입니다. 에첼리노 같은 폭군에게 그렇게 당하고도 깨달음이 없으니 말입니다. 정쟁과 붕당에 휩싸여 밤낮 정치 놀음을 하고 있으니 재앙을 면치 못하게 될 것입니다. 파두아의 겔프당이 제국에 반항했으므로 피를 흘려 비센차 근처의 강이 더럽혀지게 되겠지요. 트레비소의 군주 역시 장기를 두다가 암살이 될 것이고, 싹싹한 주교 노벨로는 겔프당에 충성한다고 피신해 온 기벨린당 사람들을 내주어 피를 흘리게 될 것입니다."

쿠니차가 이렇게 예언을 할 수 있는 것은 청화천에 있는 좌품천사라 부르는 거울이 있었기 때문이다. 좌품천사는 토성천을 다스리는 천사로 거울을 통해 지상의 인간들에 대한 하느님의 심판을 볼 수 있다고 한다. 그녀가 말을 마치고 다시 빙빙 돌며 춤을 추는 무리 속으로 들어가자 폴코의 영혼이 나타났다.

"살아서나 죽어서나 명예를 드높인 영혼이여, 그대를 보니 저 위의 천상의 기쁨은 우리를 미소 짓게 하지만, 저 아래 지옥의 영혼은 우리의 얼굴을 어둡게 한다는 것을 알 수 있습니다. 제

가 이럴진대 그대는 무엇이든 모를 것이 없겠지요. 그러니 여섯 날개로 하느님을 기쁘게 하시는 세라핌 천사들과 함께 하느님의 영광을 노래하는 그대가 어찌 내 소원을 들어주지 못하겠습니까?"

내 간청을 듣고 폴코가 입을 열었다.

"나는 대서양이 목걸이처럼 감싸고 있는 마르세유에서 살았다오. 그 옛날 카이사르가 폼페이우스의 지지자들을 격파하고 피를 흘렸던 곳이며, 토스카나 사람에게서 제노바 사람들을 갈라놓은 물가에 자리를 잡고 있는 곳이지요. 나는 한때 사랑의 신 비너스의 빛을 받아 애욕에 몸을 던졌던 적이 있다오. 어리석었던 시절의 얘기지만, 그 시절 내 불타오르는 사랑은 아이네이아스를 연모한 디도나 이올레를 마음속으로 흠모했던 헤라클레스의 사랑 못지 않았지요."

폴코는 지난 현세에서의 애욕의 삶을 회고하며 레테의 시냇물을 마시고 죄를 정화했으므로 여기서는 천국의 기쁨만을 누리고 있다고 말하면서 찬란한 빛에 둘러싸여 있는 여리고의 여인 라합[27]을 소개했다. 그녀는 결국 여호수아를 도와 여리고 성을 점령하는 영광을 함께 하기도 했다. 이는 목숨을 걸고 선한 일을 하면 미천한 기생이라도 천국에 갈 수 있다는 사실을 보여

---

27) 라합은 기생 신분으로 여호수아가 보낸 정탐꾼들이 위기에 몰리자 숨겨준다.

주고 있다. 그녀는 그리스도께서 지옥에 가셨을 때 맨 먼저 구원
돼 천국에 올랐다.

폴코는 교황조차 사라센에게 짓밟힌 거룩한 성지 팔레스티나
를 외면하고 있지만 기생 라합은 여리고 성의 점령을 가능하게
했다고 칭송했다. 이어 이렇듯 목자를 자처하는 자들이 악의 꽃
을 피워 양들로 하여금 길을 잃게 만들었다고 했다. 그 결과 성
스런 교회가 세속의 욕망을 추구하며 타락하고 교황과 추기경
이 그 앞에 서 있으나 머지않아 하느님의 뜻대로 교회가 정상으
로 돌아올 것이라고 말했다.

## 제10곡

### 토마스 아퀴나스와 위대한 영혼들

이 세상 만물을 창조하시고 질서를 부여하신 하느님의 능력은 경이롭기 짝이 없다. 한 분이신 성부와 성자와 성령이 사랑으로 역사하시는 이를 데 없는 힘이 이 세계를 창조하셨으니, 이를 보는 자는 누구든지 놀라지 않을 수 없는 것이다. 하느님은 성부 창조주이시며, 성자는 예수 그리스도, 그리고 사랑은 아버지와 아들과 영원히 함께하시고 삼위 되시는 성령을 말한다. 삼위일체의 하느님은 물질세계와 정신세계의 그 모든 것을 오묘하신 질서로 조화롭게 창조하셨으니 이를 경험하지 않고는 알 수가 없다. 언제나 하느님은 삼위일체의 신비를 드러내 보이고 있는 것이다. 그러니 누가 창조의 신비와 창조주이신 하느님의 위대함을 노래하지 않을 수 있겠는가.

태양은 대자연의 심부름꾼인 양 돌아가고 있었다. 적도와 황도가 교차하는 지점에서 태양이 나선형으로 빙빙 돌아가고 있었다. 백양궁에 있는 태양이 춘분에는 황도와 적도가 교차하는 지점에 있었다. 황도와 적도가 같았다면 계절의 구별은 없었을 것이다. 만약 별들의 경사도가 적정 거리를 유지하지 못했다면 우주의 질서와 조화는 깨졌을 것이며 지구의 모든 생명체들도 존재하지 못했을 것이다. 내가 베아트리체의 존재도 잊어버릴 정도로 창조주 하느님의 경이로운 역사에 골몰해 있을 때 들리는 소리가 있었다.

"하느님께 감사를 드리세요. 하느님의 무한한 능력을 그대 눈으로 보았을 테니 절로 감사하게 될 거예요. 아울러 천사들의 태양에 감사하세요. 하느님의 은총으로 나는 그대를 태양천으로 이끌었답니다."

나는 베아트리체의 말을 듣고서야 비로소 우리가 태양천에 올라왔음을 알았다. 태양천에는 철학자들과 신학자들이 머물고 있는 곳이었다. 고개를 들어 바라보니 태양이 찬란하게 밝아오고 있었다. 나는 베아트리체를 따라 빛 속으로 들어갔다. 그곳에는 수많은 영혼이 걷거나 얘기를 나누는 모습이 보였지만 형체가 선명하지 않았다. 다만 불분명한 형체가 눈부신 빛을 내뿜고 있었다. 그러나 그 빛은 태양광선과는 구별되는 빛이었다. 나는 한동안 그 찬란한 빛에 눈이 멀 지경이었다.

잠시 후 열두 영혼들이 노래하고 춤을 추면서 화환 모양으로 우리를 둘러싸더니 세 번을 맴돌았다. 마치 원무를 추듯이 우리 주위를 돌며 노래를 하고 있었다. 그 노랫소리는 내가 일찍이 들어본 적이 없을 정도로 경건하고 아름다웠다.

이윽고 한 영혼이 나서 말했다.

"그대를 이곳까지 인도한 아름다운 여인을 화환 모양으로 에워싼 우리들이 누군지 알고 싶지 않소? 우선 나부터 소개를 하지요. 나는 거룩한 도미니코 수도회의 어린 양떼 중 한 마리였다오. 부디 저 양떼들이 빗나가지 않고 좋게 살이 찌기를……. 나는 학자였던 토마스 아퀴나스[28]라고 하오. 그리고 내 오른편에 계신 분은 내 스승이셨던 대학자 쾰른의 알베르투스[29]이십니다."

나는 깜짝 놀라 마른침을 삼켰다. 토마스 아퀴나스는 내게 학문의 길을 열어준 선대의 대학자로 한없이 존경하는 분이셨기 때문이다. 그의 신학에 대한 공헌은 아리스토텔레스의 철학과 기독교의 종합에 있었다. 내가 귀를 의심하며 토마스 아퀴나스에게 물었다.

"아니 정말 당신이 토마스 아퀴나스가 맞습니까?"

---

28) 신학자이자 철학자이며, 스콜라 철학의 대표적인 인물.
29) 중세 스콜라 철학의 대표적인 인물로 쾰른 대학에서 아퀴나스를 가르쳤다.

토마스 아퀴나스가 고개를 끄덕이며 내가 원한다면 우리를 둘러싸고 있는 나머지 영혼들을 소개시켜 주겠다고 말했다.

　"내가 말하는 순서대로 축복을 받은 영혼들의 화환 위로 시선을 옮기면 됩니다."

　나는 그가 말하는 첫 번째 영혼의 빛을 바라보았다.

　"저 빛은 성 베네딕트회의 수사로 그 유명한 그라치아노의 웃음에서 나오는 것입니다. 그는 가장 위대한 법학자로 교회법과 세속법을 조화시킨 공적이 있지요. 그에 따라 하느님의 정의의 심판을 받고 천국으로 오게 된 것입니다."

　토마스 아퀴나스는 계속해서 빛나는 영혼들을 가리키며 소개를 이어갔다.

　"그다음 영혼은 성서학자 피에트로[30]인데 자신의 전 재산을 헌금으로 교회에 바친 것으로 유명하지요. 그는 교부들의 어록집을 펴내기도 했고 파리의 주교를 지내기도 했습니다."

　나는 토마스 아퀴나스의 얘기를 들으며 유난히 빛나는 영혼을 보고 그가 누구냐고 물었다.

　"그는 다윗의 아들이며 이스라엘 왕인 솔로몬이랍니다. 그는 세상 사람들도 그리워하는 현자로 칭송이 자자하지요. 아마도 사람들은 솔로몬 왕이 천국에서 행복을 구가하고 있다는 소식

---

30) 12세기의 뛰어난 성서학자.

을 들으면 기뻐할 것입니다. 솔로몬의 지혜가 진실이라면 그 어떤 것도 여기에 미치지 못하겠지요. 그의 빛이 유독 빛나는 것은 날카로운 지혜와 예지를 갖춘 현자였기 때문이랍니다."

나는 어려서부터 솔로몬 왕의 얘기를 들으며 자랐는데 이렇게 눈앞에서 보게 될 줄은 몰랐다.

"그다음 빛은 바울의 제자인 디오니시우스랍니다. 그는 사도 바울에 의해 개종하고 그분의 제자로서 아테네의 주교가 되었다가 순교를 하셨지요. 원래 그는 아레오파고스 법정의 판사이기도 했지요. 그는 살아서 천사에 대해 그 소임과 역할에 대해 가장 잘 알았던 사람이기도 했고, 천사처럼 살았답니다."

나는 디오니시우스의 얘기를 들으면서 내가 가졌던 천사의 이미지가 얼마나 허황되었는가를 깨달았다. 그는 살아서도 안 것을 나는 이제야 깨닫고 있었다.

"저기 빛 중에서 가장 작은 것은 영혼은 스페인의 사제 파울로 오로시우스랍니다. 그는 초기 기독교 시대의 변론가로 로마 제국의 멸망이 그리스도교 때문이었다는 이교도의 주장을 반박하는 저작을 남겼지요. 훗날 이 저작은 대학자 아우구스티누스[31]에게 많은 영향을 미치기도 했습니다. 그 옆의 거룩한 영혼은 냉철한 이성의 소유자로 성격이 대쪽 같았던 보이티우스랍니

---

31) 신학자이자 철학자로, 후에 성인으로 시성된 대표적인 교부.

다. 그는 로마 말기의 정치가이며 종교가로 그 성격대로 정직이 화근이 되어 죽었지요. 그는 감옥에서 쓴 『철학의 위안』이라는 저작을 남겼고, 사후 그의 유해는 성 베드로 성당에 안치되었습니다."

그 밖에도 토마스 아퀴나스는 스페인 세비야의 주교로 방대한 양의 백과사전을 남겼던 이시도루스와 일생 저술에 몸을 바쳐 『영국인 교회사』를 남겼던 비드,[32] 그리고 명상가이자 신비학자로 파리 근교 빅토르 수도원의 원장을 지냈던 리샤르를 소개했다.

마지막으로 토마스 아퀴나스는 열두 번째 빛나는 영혼인 시제르를 소개했다. 그는 파리 대학의 철학 교수로 개체의 불멸을 부인하는 아베로스주의를 옹호해 현세에서는 이단으로 몰렸으나 천국에서는 기쁨을 누리고 있었다.

토마스 아퀴나스의 긴 얘기가 끝나자 열두 영혼들은 시계의 톱니바퀴가 맞물려 돌아가듯이 우리를 에워싸고 원무를 이루며 노래를 불렀다. 그것은 하느님의 신부가 사랑하는 신랑에게 새벽 노래를 바치러 가는 것과 같았고, 그 노랫소리는 맑고 경건해서 마치 교회의 첨탑에 드리워진 줄을 잡아당겨 종소리를 울려 퍼지게 하는 것 같았다.

---

32) 앵글로색슨 시대의 신학자이자 철학자로 영국사학의 시조로 불린다.

# 제11곡

## 프란체스코의 청빈

　나는 토마스 아퀴나스의 얘기와 위대한 영혼들의 노랫소리를 들으면서 행복에 겨운 기쁨을 만끽했다. 그럴수록 지상의 인간들에 대한 연민이 느껴져 저절로 탄식이 흘러나왔다. 하느님의 나라를 모르는 인간의 모든 행위는 헛것에 불과한 게 아닌가. 나는 천국에서 진리를 찾는 철학과 신학의 현자들 가운데서 미망에 물든 중생들을 보고 연민의 노래를 불렀다.

　"오, 그대들의 무분별한 헛수고여! 그대들로 하여금 날개를 꺾어 떨어뜨리는 저 삼단논법은 얼마나 엉터리란 말인가. 누구는 세상법과 교회법의 꽁무니를 쫓아가고, 누구는 히포크라테스의 선서를 쫓아가고, 누구는 성직을 쫓아가고, 누구는 폭력과 궤변으로 왕 노릇을 하는구나. 또 누구는 도둑질에, 또 누구는 나랏일에, 그리고 육체의 쾌락에 몸을 던졌던 자는 제풀에 지치고 누구는 안일에 몸을 던져 인생을 낭비하는구나."

그가 누구든 명예와 이익에 눈이 멀어 예지의 벗이 되는 자는 진정한 철학자라고 할 수 없다. 마찬가지로 세상의 법률가나 의사나 종교인들도 역시 돈과 지위를 얻고자 할 뿐 참된 지식을 위하여 학문을 하는 것은 아니다. 세상 사람들이 그렇게 하늘나라의 진리를 외면하고 지상의 일에만 골몰하고 있을 때 나는 천국에서 베아트리체와 함께 빛나는 영혼에 둘러싸여 있으니 이 무슨 은총이란 말인가.

우리를 둘러싸고 있던 열두 영혼들은 다시 원래 있던 곳으로 춤을 추며 돌아갔다. 그때 돌연 움직임을 멈추고 촛대 위의 초처럼 우뚝 서 있었다. 다시 토마스 아퀴나스의 목소리가 들려왔다.

"내 그대의 의혹을 풀어주겠소. 지금 나는 꺼지지 않는 축복의 빛을 받아 타오르고 있으니, 그 빛으로 보면 그대가 왜 의혹을 갖게 되었는지 알 수 있다오."

토마스 아퀴나스는 천국의 예지로 이미 내 마음을 간파하고 있었다. 내 의혹은 그가 성 도미니코 수도회를 말하면서 했던 '저 양떼들이 빗나가지 않고 좋게 살이 찌기를……' 하는 말과 솔로몬의 진리에 대한 것이었다.

"일찍이 예수 그리스도는 십자가에 피를 뿌리고 돌아가심으로 인해 교회와 인연을 맺었고, 우리 인간들이 교회를 통해 하늘나라에 참여하는 길을 만들어 주셨지요. 그리고 하느님의 섭리는 두 길잡이를 두셨답니다. 프란체스코와 도미니코가 바로 그들이지요. 프란체스코에게는 사랑에 불타는 세라핌 천사가 도미니코에게는 지성에 빛나는 케루빔 천사가 빛을 발하고 있지요. 오늘은 그중에서 아시시의 성 프란체스코에 대해서만 먼저 말을 하기로 하지요. 그러나 결국 어느 한 분을 칭송해도 결국은 두 분을 다 칭송하는 것이나 마찬가지라고 할 수 있을 것입니다."

토마스 아퀴나스는 본격적으로 프란체스코에 대해 말하기 시작했다.

"프란체스코 성인께서는 아시시의 페루자 마을에서 부유한 양모 상인 피에트로 베르나르도네의 아들로 태어났지요. 젊었을 때는 한때 쾌락에 빠졌으나 고난의 중병을 두 번이나 앓고 난 후 삶의 방식을 완전히 바꾸어 세속적인 삶을 버리고 청빈에 몸을 던졌답니다. 그의 나이 스물네 살 되던 해부터는 청빈한 생활을 하며 거리를 떠돌며 그리스도교를 포교하는 수도자의 생활을 이어갔지요."

"제가 알기로는 부친의 분노를 산 적이 있는 걸로 아는데, 그 얘기를 듣고 싶습니다."

"그런 일이 있었지요. 프란체스코는 1207년 봄에 부친의 포목과 말들을 팔아서 다 쓰러져가던 다미아노 성당을 개축하여 하느님께 바쳤지요. 이에 분노한 부친은 그를 데리고 아시시의 주교 구이도 앞에서 재판을 받아야 했습니다. 프란체스코는 주교와 여러 동네 사람들이 보는 가운데 입고 있던 옷을 벗어 부친에게 돌려주며 말했지요. 이제부터는 하늘에 계신 분이 나의 아버지이며, 가난이란 아가씨와 혼인한다고 선언을 한 거예요."

사실 가난이란 언제부턴가 누구에게나 절망감을 안겨주는 단어가 되어버렸다. 가난한 마구간에서 태어나 일생을 가난하게 살았고 하늘에 오르신 예수 그리스도 이후에는 가난을 받아들여 주는 이가 세상에 없었다. 그리스도가 십자가에서 돌아가신 후 가난은 프란체스코가 올 때까지 신랑이 없이 버려진 신부와 같았다.

토마스 아퀴나스는 가난한 자만이 가질 수 있는 겸허함과 용기의 예로 카이사르가 폼페이우스와 싸울 때 찾아갔던 가난한 어부 아미클라스를 들었다. 아미클라스는 한밤중에 오두막으로 찾아온 카이사르를 보고도 두려워하기는커녕 되레 태연했다고 한다. 청빈은 최고 통치자에게도 무릎을 꿇는 일이 없었던 것이다. 그러면서 인간의 교만이 가난을 외면하도록 했다고 비판하며 덧붙였다.

"프란체스코의 청빈한 수도 생활은 많은 사람들에게 감동을 주게 되었다오. 자연히 그를 따르는 형제들이 생겨났지요. 첫 번

째 제자는 부잣집 아들이었던 베르나르도였다오. 하지만 청빈
을 몸으로 받아들이는 것은 고난을 자초하는 것이었지요. 그럼
에도 베르나르도 이후에도 에지디오와 실베스트로가 맨발로 프
란체스코를 따랐지요. 실베스트로는 아시시의 첫 주교였던 자로
탐욕스런 인간으로 악명이 높았으나 회심하고 제자가 되었다오.
프란체스코와 그를 따르는 제자들은 신발과 허리띠와 지팡이를
버리고 갈색의 허름한 입고 생활했지요. 이것이 훗날 프란체스
코 수도회를 나타내는 상징이 되었다오."

이어 토마스 아퀴나스는 프란체스코가 교황청으로부터 수도
원의 인준을 받기 위해 제자들과 함께 로마로 가서 인노켄티우
스 3세로부터 구두로 허락을 받았던 사실과 이후 교황 호노리
우스 3세로부터 정식으로 인가를 받기까지의 과정을 일러주었
다. 이어 십자군 전쟁이 일어나자 순교를 무릅쓰고 이슬람의 술
탄에게 복음을 전하러 이집트로 갔으나 성공하지 못하고 이탈
리아로 돌아오기까지의 과정을 얘기해 주었다.

"프란체스코는 조국으로 돌아와 제자들이 마련한 은둔처에
머무르게 되었다오. 그리고 알베르니아 산에서 40일 동안 금식
기도를 한 끝에 손과 발과 옆구리에 그리스도의 다섯 상처를 몸
에 받았지요. 그것은 그리스도께서 십자가에서 받은 상처와 같
았습니다. 그 상처의 고통을 끌어안고 수도 생활을 계속하다
1226년 10월에 아시시 가까운 곳에서 소천을 했지요. 임종하며

그는 청빈을 제자들에게 유산으로 남겼으며 입고 있던 옷마저 벗겨 알몸 그대로 관에 넣지 말고 들에 버려 달라고 부탁을 했답니다. 끝까지 철저하게 청빈을 지키려고 했던 거지요. 그리고 사후 그레고리 9세로부터 성인 칭호를 받았어요."

이렇게 성 프란체스코의 일대기를 들려준 토마스 아퀴나스는 도미니코 수도회의 현재 상황을 비판했다. 도미니코는 수도회의 창시자이다. 창시자는 훌륭했으나 그분 사후 제자들이 욕심에 눈이 어두워 저마다 명예와 재물 따라 흩어졌다. 도미니코의 유지를 받들려는 아주 적은 소수의 무리들이 있긴 했지만 결과는 지리멸렬이었다. 토마스 아퀴나스는 마지막으로 도미니코 수도회의 부패와 쇠잔함을 스스로 질책하면서 길을 잃지 말고 바른 길로 가라고 충고했다.

# 제12곡

## 보나벤투라가 도미니코를 말하다

토마스 아퀴나스가 말을 마칠 때쯤 화환 모양의 빛나는 열두 영혼들이 다시 원무를 그리며 돌았다. 그런데 한 바퀴 둥그렇게 다 돌기도 전에 또 하나의 원이 첫 번째 원을 둘러싸고 돌았다. 이렇게 빛나는 두 영혼의 원은 서로 빛을 반사하고 울림을 주고받으며 완전한 조화 속에서 움직이고 있었다.

바깥에 있는 원의 원천이 되는 안에 있는 원은 주로 도미니코 수도회의 구성원들이었다. 그들은 사랑의 실천보다 학문을 강조했다. 토마스 아퀴나스에 따르면, 이해는 사랑의 행위에 선행하는 것이다. 나 역시 학문을 하는 학자들이 사랑을 실천하는 자들의 근원이 되어야 한다고 생각했다. 두 번째 원의 리더는 프란체스코 수도회의 성 보나벤투라였다. 이 두 겹의 화환 모양의 원이 나와 베아트리체를 둘러싸고 돌면서 찬란한 빛을 발하고 있었다.

그때 빛 가운데서 유난히 빛나는 영혼 하나가 나서며 말했다.

"나를 오늘까지 있게 해준 사랑이 나로 하여금 한 영혼을 칭송하게 하는도다. 토마스 아퀴나스 때문에 내 스승이 칭송을 받았으니 나 역시 화답을 하리라."

내가 깜짝 놀라 돌아보며 물었다.

"거룩하게 빛나는 영혼이여, 그대는 누구십니까?"

그 영혼이 기다렸다는 듯이 경쾌하게 대답했다.

"나는 보나벤투라라고 하지요. 프란체스코 수도회의 수도승이었으며 후에 총장과 추기경, 그리고 알바노의 주교 자리에도 올랐지요. 내 스승은 당연히 성 프란체스코고요. 도미니코 수도회의 토마스 아퀴나스가 내 스승님을 칭송했으니 이번에는 내가 화답하여 성 도미니코를 칭송해야 되지 않겠소."

그는 어렸을 때 중병으로 시달릴 때 프란체스코가 치료를 해주었는데, 치료를 받은 소년은 '보나벤투라!'라고 외쳤다고 한다. 이탈리아어로 보나벤투라는 '다행이군!'이라는 뜻으로, 그 어머니가 그 소리를 듣고 이름을 바꾸었다는 일화가 전해지고 있었다.

나는 보나벤투라에게 고개를 숙여 정중하게 감사를 표하며 말했다.

"아담의 원죄 때문에 낙원에서 추방된 인간들을 위해 예수 그리스도가 십자가 위에서 피를 흘려 하늘나라로 들어갈 수 있는 문을 열어놓았지요. 그러나 그 제자들이 십자가의 길을 제대로 따라가지 못하고 주저했어요. 그때 하느님이 위험에 처한 제자들을 은혜로 돌보아 주셨고, 프란체스코와 도미니코라는 두 길잡이를 보내시어 흩어진 교회를 도우셨고요. 그래서 빗나간 길을 가던 많은 사람들이 두 분의 말과 행동에 감복해 다시 제 길을 찾아 모여들었던 것은 아닐는지요."

내 말에 보나벤투라는 수긍한다는 듯이 고개를 끄덕이며 프란체스코에 대해 말하기 시작했다.

"서풍 제피로가 불어오면 유럽은 초록의 싱그러운 잎사귀들이 바람에 흔들리며 신록의 계절로 접어들게 된다오. 바람이 불어오는 저기 저쪽 스페인의 카스티야의 방패에는 사자가 아래위로 새겨져 있지요. 거기 카스티야의 칼라루에가라는 작은 마을에서 귀족 출신이었던 아버지 필리체와 어머니 조반니 사이에서 도미니코가 태어났습니다. 그의 이름 도미니코는 라틴어로 하느님의 소유격을 의미하고 있는데, 누가 이름을 지었는지는 모르지만 그는 아마 태어날 때부터 하느님의 사제가 될 운명이었던가 봅니다."

보나벤투라에 따르면 도미니코는 태생부터가 그리스도의 사환이자 종이었다는 것이다. 그것은 마치 하느님이 과수원을 가

꾸기 전에 농부를 먼저 선택하는 것과 같은 것이라고 했다. 그는 일찍이 젊은 시절에 하느님의 가난에의 권유를 받아들여 자신이 가진 책을 모두 팔았다는 일화가 전해졌다. 물론 가난한 사람들을 돕기 위해서였는데, 그는 사람이 굶어죽는 데 책만 읽고 앉아 있을 수만은 없다고 말했다.

나는 보나벤투라의 말을 듣고 하느님의 복음적 권유가 생각이 나서 말했다.

"하느님의 가난에의 권유는 신빈을 말하는 것이겠지요. 일찍이 하느님이 계명과는 구분되는 세 가지 복음적 권유 가운데 신빈이 첫째고, 그다음에 정결과 순명이었던 걸로 알고 있습니다만……."

보나벤투라는 내 말에 동의를 표하며 계속해서 도미니코의 가난한 삶에 대해 말했다.

"사람들은 세속의 부와 명예를 추구했던 오스티아 사람 엔리코 디[33] 수사와 타데오[34] 등을 좇아갔지만 도미니코는 하느님의 나라를 사랑했기에 짧은 시간에 위대한 학자로 부상을 했지요."

도미니코는 굳건한 신앙으로 교회를 위해 일평생 헌신했으며, 후에 그의 학문은 이단의 학설을 쳐부수는 역할을 하게 되었다.

---

33) 훌륭한 법령집의 주석가로 후에 추기경과 오스티아의 대주교가 되었다.
34) 피렌체 출신의 뛰어난 의사.

그는 교황과 결탁하여 높은 성직에 오르려고 하지 않았고, 수입이 많은 주교의 자리를 탐하지도 않았다. 아울러 부임하기 전에 비어 있던 자리에 대한 급료나 십일조를 요구하지도 않았다. 다만 그는 교황에게 어지러운 세상에 대항하여 믿음의 씨앗을 지켜줄 것을 요구했을 뿐이다. 결국 도미니코가 보살피고 지킨 씨앗에서 지금 내가 보고 있는 지복한 영혼들인 스물네 그루의 나무가 자라났던 것이다. 보나벤투라가 계속해서 말을 이었다.

"도미니코는 프로방스 툴루즈 지방에서 일어났던 이단 알비파에 대하여 격렬하게 싸웠지요. 그들의 저항은 집요하고 끈질겼는데 도미니코가 앞장서서 그들을 쳐 격파함과 동시에 전도 활동에도 노력을 기울였어요. 그래서 그로부터 많은 가지가 생겨나 과수원은 풍성한 열매를 맺게 되었지요."

여기까지 말하고 보나벤투라는 길게 탄식을 내뱉었다.

"그대도 토마스 아퀴나스한테 들어서 알고 있겠지요. 마찬가지로 아직 소수의 수도자들이 우리 프란체스코의 정신을 지키고 있지만 그들조차 회칙을 잘못 해석해 강경파와 온건파로 나뉘어 만족할 만한 결과를 도출하지 못하고 있습니다. 마치 뒤축이 밟은 자국을 발끝으로 다시 밟을 만큼 질서가 뒤집혀져 있지요."

그리고 보나벤투라는 두 번째 원을 구성하는 프란체스코의 회원들을 소개했다. 일루미나토는 귀족 출신으로 프란체스코와 함께 이집트 전도 여행을 했던 인물이고, 아시시 출신의 아우구

스틴은 캄파니아 수도원장이 되었던 인물로 프란체스코와 한 날 한 시에 죽은 것으로 유명했다. 위고는 수도원장 출신이고, 피에 트로 만두카토르는 프랑스의 신학자로 스콜라 철학사를 썼던 사람이었다. 페드로는 교황을 지냈던 인물이고, 나단은 다윗왕 의 죄를 꾸짖은 예언자이며, 크리소스토모스는 콘스탄티노플의 대주교를 역임한 인물이었다. 안셀무스는 캔터베리 대주교였고, 도나투스는 문법학자로 유명했던 인물이며, 라바누스는 토마스 아퀴나스의 제자로 후일 마인츠의 주교를 지냈다. 마지막 열두 번째 영혼은 조아키노인데, 그는 한때 이단으로 처벌을 받았으 나 지금은 천국에서 기쁨을 누리고 있었다.

보나벤투라의 소개가 끝내자 두 겹으로 원을 그리고 있던 스 물네 영혼들은 다시 노래하며 춤을 추었다. 그들이 뿜어내는 빛 은 더욱 찬란하게 빛을 발하며 하늘나라의 축복과 은총을 드러 냈다. 노래와 춤을 마친 영혼들은 다시 나와 베아트리체를 에워 쌌다.

제13곡

솔로몬의 진리

나는 휘황한 빛을 내뿜는 스물네 영혼의 무리에 둘러싸여 하늘을 쳐다보았다. 하늘에는 장엄하게 빛나는 스물네 개의 별이 지상의 영혼들과 조응하며 하느님의 영광을 드러내고 있었다. 하느님의 권능 아래 움직이는 장엄한 별들의 운행은 장대하고 아름답게 보였다. 나도 모르게 시구가 흘러나왔다.

"내가 지금 본 것을 알고 싶어 애써 마음을 조이는 자가 있거든 상상해 보라. 내 혀는 굳어 있으니 상상력을 발휘해야 하리라. 제각기 다른 곳에서 크나큰 빛으로 하늘을 밝히는 열다섯 개의 별을 또한 상상해야 하리라."

하늘에는 큰곰자리의 일곱 개 별은 언제나 그 자리를 지키며 빛을 발했고, 작은곰자리의 두 별은 원동천이 돌아가는 축의 한 끝에서 찬란한 빛을 발했다. 이렇게 해서 하늘에서 가장 빛나는 별 열다섯 개와 합쳐 스물네 개의 별이 안과 밖에서 두 겹으로 우주의 장엄한 하모니를 이루며 천체의 아름다운 질서를 통해 하느님의 영광을 드러내고 있었다.

내가 그렇게 하느님의 권능을 드러내는 천체의 운행에 넋을 놓고 있을 때 프란체스코의 생애와 업적을 들려주었던 토마스 아퀴나스가 정적을 깨뜨렸다.

"벼를 타작하고 나서 그 알곡을 추수하고 나니 사랑의 유혹처럼 내게 또 하나를 타작하라고 하는구나."

토마스 아퀴나스의 말은 한 가지 의문을 해결해 주었으니 이제 다른 한 가지 의문을 해결해 주겠다는 말이었다. 그 의문은 내가 앞서 제기했던 솔로몬 왕의 진리에 대한 것이었다.

"하느님은 아담의 갈빗대를 뽑아 하와를 창조했지요. 하와가 선악과를 따먹었으므로 잃어버렸던 낙원을 회복하기 위해 그리스도가 십자가에 못이 박혀 죽으셨답니다. 이 위대한 힘은 하느님으로부터 인간의 본성에 최고의 지혜를 부여하신 것이지요. 여기서 그대는 의문은 타락 이전의 인류의 조상인 아담과 그리스도야말로 최고의 지혜라고 생각하고 있었는데, 솔로몬의 지혜에 필적하는 것이 없다는 내 말이 혼란을 일으키고 있다는 것이겠지요?"

나는 그렇다고 즉각 대답했다.

"그러나 하느님의 첫째 힘의 밝으신 모습을 투사하면 거기 티 없는 완전함이 있게 되지요. 이 두 가지 아담과 그리스도에게 이루어졌던 것처럼 인간 본성이 그리된 적이 없었고 앞으로도 없을 것이기에 그대의 의문은 일리가 있소."

이렇게 말한 토마스 아퀴나스는 피조물의 생성과정을 설명하면서 하느님의 위대한 능력을 설명했다.

"이 세상 모든 피조물은 이데아의 빛을 반영하고 있지요. 그 빛은 삼위일체의 첫째 힘인 성부로부터 나옵니다. 그리고 성부로부터 나온 빛은 아홉 계급의 천사들을 통해 반사되고, 이 천사들은 그 빛을 다양한 피조물을 통해 전달하지요. 반사가 계속됨에 따라 빛은 감소하게 됩니다. 여러 하늘의 힘을 통해서 피조물은 간접적으로 창조되는 것입니다. 이 창조 과정에서 밀랍은 다양한 용량에 따라 신적인 빛을 받게 되지요."

나는 토마스 아퀴나스의 설명을 들으면서 나름대로 이해를 하려고 했으나 수긍할 수 없는 점도 있었다. 내 나름으로 정리하자면 이 세상의 삼라만상을 이루는 일체의 피조물은 모두 삼위일체인 하느님으로부터 나오는 이데아의 현실태로 나타난다. 성자의 빛이 성부와 성령으로부터 나누어지지 않고, 그리스도의 의지대로 아홉 하늘에 있는 아홉 천사들이 실체를 통해 빛을 비추고 있다. 그리고 아홉 천사로부터 나오는 빛은 지상에 내려와 단순한 피조물을 창조했다. 이 창조물은 광물과 동식물과 함께 생성된 것을 가리킨다. 밀랍은 형상이 없는 기본적인 질료이다. 이 질료에 제천, 즉 여러 하늘이 영향을 미친다. 밀랍은 형상이 없으므로 이데아의 반영 정도에 따라 피조물의 우열이 생기게 된다. 결론적으로 티 없이 완전한 창조는 아담과 그리스도의 인성 안에서 이루어졌다. 이 완전한 창조는 하느님의 직접 창조하신 아담과 그리스도이므로 완전한 사람은 전에도 없었고 앞으로도 없을 것이라는 것이다.

그러므로 토마스 아퀴나스에 따르면, 솔로몬에게 준 진리와 아담과 그리스도에게 준 진리는 확연히 구별되는 것이다. 솔로몬에게 준 진리는 왕으로서 백성을 다스리는, 다시 말해서 정치가에게 준 진리로 이는 하느님이 분야별로 부여한 그 직분에 맞는 진리라고 할 수 있다. 이것이 하느님이 솔로몬에게 말한 '네 앞에도 너와 같은 자가 없었거니와 네 뒤에도 너와 같은 자가 없으리라'는 말의 진정한 의미라는 것이다.

나는 토마스 아퀴나스의 긴 설명을 듣고서야 내 의문이 경솔했음을 깨달았다. 잘 이해가 되지 않는 일에 조급하게 선입견으로 결론을 내렸던 내 자신이 부끄러워졌다. 토마스 아퀴나스의 경고가 내 가슴을 후벼 팠다.

"어떤 결론을 내릴 때는 신중을 기해야 합니다. 그대의 발에 납덩이를 매단 것처럼 천천히, 마치 지친 사람처럼 신중해야 합니다. 그렇지 않으면 밭에 있는 이삭이 채 익기도 전에 이러쿵저러쿵 떠벌리며 안이하게 판단하는 것과 같은 것이겠지요."

그는 내게 거듭 불확실한 일에 조급하게 판단하지 말라고 경고했다. 사리 판단에 있어 단견과 속단은 금물이라고 했다. 그것은 진리를 알고 싶어 하면서도 그 방법을 모르는 자는 마치 고기를 낚고 싶으나 그 방법을 모르는 자와 같다는 것이다. 인간은 보이는 것이 전부 참이라 믿고 판단을 내리기 쉽다는 경고였다. 그러면서 태양의 뜨겁고 차가움에서 만물이 생겨났으며, 인간 역시 태양에서 태어났다고 주장했던 그리스의 철학자 파르메니데스와 그 제자인 멜리소스,[35] 그리고 삼위일체를 부정했던 사벨리우스와 아리우스[36] 등을 언급하며 이들의 주장이야말로 성급한 판단의 적나라한 예라고 일러주었다.

---

35) 기원전 6세기의 그리스 철학자로, 둘 다 삼단논법의 오류로 아리스토텔레스의 비판을 받음.
36) 기원전 3세기의 그리스 수학자이자 철학자.

# 제14곡

## 화성천의 십자가 영혼들

찬란한 빛을 발하는 토마스 아퀴나스의 영혼이 말을 마치자 베아트리체가 나를 바라보며 그에게 말했다. 우리를 둘러싸고 있는 스물네 영혼들의 첫 번째 빛나는 원에 있던 토마스 아퀴나스가 마치 밖에서 안으로 물결을 치듯 말했다면, 이번에는 베아트리체가 안에서 밖으로 물결을 치는 듯한 모양새를 취하고 있는 형국이었다.

"그대는 아직 이 사람에게 말해 주지 않은 게 있어요. 그것은 지금 그대들을 둘러싸고 있는 눈부신 빛이 지금 그대로 영원히 그대들과 함께 남아 있게 되는가 하는 점이지요. 다시 말해서 최후의 심판이 끝나고 영혼이 다시 육체의 옷을 입게 될 때 그 빛이 그대들의 시력을 상하게 하지 않을까 하는 점이지요."

베아트리체는 내가 속으로 궁금해하던 의문을 꼭 집어 대신 물었다. 나는 그녀에게 눈길을 돌려 고마움을 표시했다. 베아트리체의 말에 스물네 영혼들은 우리를 에워싸고 춤을 추며 노랫소리로 기쁨을 나타냈다.

우리는 누구든지 천국에 살기 위해서는 저 세상에서의 삶과 결별하지 않을 수 없다. 따라서 지상에서 죽어서 저 위에서 산다는 것을 언짢게 생각하는 사람들이 있다면, 그것은 저 위에서는 영원한 빛과 은총이 마치 비처럼 쏟아지는 것을 모르는 사람들일 것이다. 다시 말해서 부활의 생명을 보지 못하는 어리석은 사람일 뿐이다. 한 분이신 성부와 성자와 성령이 주관하시는 영원한 삶은 한계가 없는 불멸의 삶이므로 부활의 생명인 것이다.

우리를 둘러싼 영혼들은 성부와 성자와 성령을 세 번씩 부르며 노래했다. 그리고 그때 우리를 둘러싼 작은 원의 눈부신 빛 하나가 나서서 내가 제기한 의문에 대답했다.

"천국의 축제에 참여한 지복의 영혼들이 지니는 밝은 빛은 하느님을 사랑하는 열기로 말미암은 것이고, 그 열기는 하느님을 뵙는 직관을 따르며, 직관은 또한 은혜로 말미암은 것이라오. 하느님을 뵙는 힘의 다소는 은총의 많고 적음에 달려 있지 공덕의 많고 적음과는 관계가 없지요. 영혼은 부활해서도 사랑의 빛을 발할 것이며, 빛도 직관도 뜨거움도 더 커질 것이오."

나는 베아트리체에게 물었다.

"내 의문에 친절하게 대답을 하고 있는 저 영혼은 누군가요?"

베아트리체는 미소를 보이며 대답했다.

"저 영혼은 그대가 어머니 무릎 위에서 들었던 옛날 얘기의 주인공이랍니다. 다윗의 아들 솔로몬 왕이지요. 그는 하느님으로부터 지혜를 선물로 받았지요. 지금 특별히 그대를 위해 직접 대답을 해주고 있답니다."

나는 존경심을 가지고 솔로몬 왕을 바라보았다. 그때 다시 솔로몬 왕이 입을 열었다.

"천국에서의 축복은 계속되는 것이지요. 그것은 육체의 옷을 다시 입게 된 후에도 마찬가지라오. 무엇이든 완벽에 가까울수록 하느님에게 가까워지는 것이지요. 그때가 되면 빛은 더욱 찬란하게 빛을 발할 것이며, 그 빛으로 하느님을 볼 수 있게 됩니다."

솔로몬 왕의 말이 끝나자 안과 밖에 있는 두 원의 영혼들이 나를 지목하며 목소리를 합쳐 "아멘!"이라고 외쳤다. 그들 영혼들은 솔로몬 왕의 말에 동의하면서 한편으로 나를 보며 육체의 부활을 염원하는 짧은 기도를 올리는 것 같았다. 물론 그 목적은 부모와 친지를 다시 만나고 싶은 바람이었을 것이다.

그때 우리를 둘러싸고 있는 두 영혼의 무리들이 원을 이루고 있는 그 너머로 세 번째 빛의 무리가 나타나더니 원을 그리고 있

었다. 처음에는 희미하더니 점차 강렬하게 빛을 발하고 있었다. 그리고 그 사이로 내 눈에 새로운 영혼의 실체가 얼핏 모습을 드러냈다. 나는 눈이 부셔 바라볼 수가 없을 정도였으나 베아트리체는 그 빛을 받아 그 어느 때보다도 아름답게 보였다.

그러는 사이 주위를 둘러보니 우리는 어느새 다섯 번째 하늘 화성천에 올라왔음을 알았다. 나는 하느님에게 감사의 기도를 올렸다. 가장 진실한 언어로 하느님의 은총으로 화성천으로 이끌어준 데 대한 감사의 기도였다.

내 기도가 다 끝나기도 전에 한 광명의 무리가 은하의 별들처럼 줄지어 모여들더니 화성천의 원 안에서 직각으로 교차되는 두 직경에서 십자가 모양을 만들었다. 그러니까 정확하게 화성천의 원 안에서 십자가가 그 모습을 드러냈다. 나는 감격하여 탄성을 질렀다. 십자가가 그리스도를 빛내고 있었던 것이다. 이 화성천에 나타난 영혼들은 자기 십자가를 지고 그리스도를 따랐던 순교자들의 영혼들이었다. 십자가 좌우는 마치 뿔처럼 보였다. 영혼들이 좌우로 상하로 움직였는데, 서로 교차할 때 광채가 강렬해졌다. 그 움직임이 마치 햇살에 비치는 작은 먼지들처럼 보였다.

그리고 그 속에서 하느님을 찬양하는 경건한 목소리가 장엄하게 울려 퍼졌다.

# 제15곡

## 고조부 카차구이다와의 대화

    지상의 유한한 것에 집착하는 자는 하늘나라의 완전한 사랑을 잃어버려 후회할 수밖에 없다. 이는 하느님의 마땅한 섭리이다. 이 세상이 기뻐할 재물로는 우리의 근심과 고초를 면하지 못하는 것이다. 하느님의 참된 사랑만이 우리를 구원할 수 있다.

    내가 십자가를 이룬 영혼들의 그 장엄한 광경에 넋이 빠져 있을 때 내 앞으로 유성처럼 한 영혼이 십자가의 오른쪽에서 아래로 떨어져 내려왔다. 그 빛나는 영혼이 떨어진 자리는 십자가에 그대로 남아 빛을 발하고 있었다. 위대한 스승 베르길리우스 입을 빌려 말하자면, 그 모습이 마치 연옥에서 사나운 길을 이겨내

고 오는 아이네이아스를 안키세스[37]가 정겹게 맞이하는 것과 같
았다.

그리고 그때 십자가를 이루고 있던 영혼들이 찬양을 중단하
고 일제히 침묵했다.

내 발치로 내려온 빛나는 영혼이 감격한 듯 말했다.

"오, 나의 핏줄이여! 그대를 위해 천국의 문이 산 채로 한 번
사후에 또 한 번 열릴 것인즉, 대체 어떻게 이런 일이 일어날 수
있단 말인가. 오오, 은총이 넘치는 나의 핏줄이여!"

나는 그의 말을 이해할 수가 없었다. 라틴어였기 때문이다. 내
가 어리둥절해서 베아트리체에게 눈길을 돌렸다. 그녀의 웃음이
내 눈에는 천국의 바닥에 닿은 것처럼 눈부시게 어여뻤다. 나는
베아트리체의 웃음을 보면서 하느님의 은총과 축복이 나에게
전해졌다는 확신이 들었다.

나는 처음에 그의 말을 이해할 수 없었으나 차츰 그가 내가
알아들을 수 있도록 인간의 수준에 맞게 말을 바꾸었기 때문에
곧 그의 말을 알아듣게 되었다. 그가 다시 말했다.

"내 가지에서 이렇게 축복받은 영혼이 나오다니. 거룩하신 삼
위일체이신 하느님께서 영광과 찬송을 받으시기를! 하느님의 영
원한 뜻이 적혀 있는 큰 책을 읽고 나는 그대의 내왕을 기다리

---

37) 아이네이아스의 아버지.

며 기분 좋은 허기를 느꼈다."

베아트리체는 영혼이 말한 큰 책에 대해 하느님의 미래 상황이 기록되어 있는 책을 의미하는 것이라고 일러주었다. 영혼은 이미 내가 올 곳을 알고 있었고 기다리고 있었다는 것이다.

"오오, 나의 핏줄이여! 이제 내 소원은 성취되었다. 그것은 오직 그대 옆에서 빛을 발하고 계신 베아트리체 덕분이야. 그녀가 그대를 이곳 화성천에까지 이끌었으니까."

영혼은 이렇게 말하면서 베아트리체에게 정중하게 고개 숙여 감사를 표시하고는 다시 말을 이었다.

"그대는 내가 누구인지, 왜 내가 이렇게 기뻐하는지 그 까닭을 묻지 않는구나. 하긴 이곳 영혼들은 거울처럼 속을 들여다보기 때문에 말할 필요가 없지. 그렇지만 그대를 향한 내 사랑의 갈증을 채워주기 위해 소리 내어 말해 주시게나. 내 대답은 이미 준비되어 있으니 어서 그대의 목소리를 듣고 싶다."

나는 베아트리체의 동의를 얻어 말했다.

"하느님은 원래부터 평등하십니다. 하느님께 속하는 일체의 사랑과 예지는 전적으로 균형이 잡혀 있으나 나는 그렇지 못하답니다. 아무튼 당신의 환대에 감사합니다. 지금 거룩한 빛으로 십자가를 이루고 있는 귀한 보석인 당신께 부탁하오니, 부디 당신이 누구이며, 이름은 어떻게 되는지 알려주시기 바랍니다."

영혼이 하늘을 우러르며 말했다.

"오, 나의 잎사귀여, 내 오랫동안 내 뿌리에서 잎이 돋아 나오길 기다려 왔음을 그대는 모르리라."

내가 여전히 그 말의 뜻을 몰라 어리둥절해하자 영혼이 다시 입을 열었다.

"그대의 증조부 알리기에로가 교만의 죄를 정죄하느라 무거운 짐을 지고 연옥산 첫 번째 둘레에서 100년 이상을 돌고 있으니 그를 위하여 기도를 해다오. 그는 그대의 증조부이며 동시에 내 아들이지. 내 이름은 카차구이다이며, 그대의 고부조가 되겠구면."

나는 깜짝 놀랄 수밖에 없었다. 고조부를 여기서 만나게 될 줄은 상상조차 못했기 때문이다. 나는 급히 공손하게 인사를 올렸다. 나는 어리석은 자손이었음을 인정하고 용서를 구했다. 그러자 고조부가 말했다.

"그게 세상사야. 세월이 흐르면 원래 잎사귀는 땅속의 뿌리를 알아보지 못하는 법, 용서를 구할 필요는 없다. 내게 묻고 싶은 것이 있으면 물으렴."

나는 고조부께서 사시던 당대의 피렌체 사회에 대해 얘기해달라고 부탁했다. 그러자 할아버지는 피렌체는 구시가지와 신시가지가 있는데, 정오와 오후 3시에는 종을 울려 시간을 알렸다고 말했다.

"내가 출생한 피렌체는 평화로웠고 절제 있고 깨끗했다. 지금과 같은 어지러운 당파 싸움도 없었고. 그 당시에는 결혼 비용도 부담이 되지 않았고, 한 가족이 살기에 너무 큰 집을 짓지도 않았으며, 사치 음란한 풍조도 없었어. 화려하게 사치스런 옷차림을 하거나 화장을 한 여인들도 없었으며 신발도 소박했지. 명문가의 귀부인들도 마찬가지로 손수 짠 옷을 입고 살았거든. 아주 검소하고 질박한 풍습이 널리 퍼져 있었지. 정쟁 때문에 남의 나라로 쫓겨나 죽을 염려도 없었고, 남편의 일로 부인들이 독수공방을 할 필요도 없었어. 나는 그런 좋은 시절에 태어나 세례를 받고 그리스도교 신자가 되면서 카차구이다가 되었지."

나는 고조부의 말씀을 들으면서 선대의 피렌체 사회가 이상향처럼 생각이 되었다. 내가 다시 말했다.

"할아버지의 형제는 어떻게 됩니까? 그리고 제 성이 생기게 된 유래를 알고 싶습니다."

고조부는 내 성인 알리기에리라는 성이 생기된 유래와 고조부의 형제들에 대해 일러주고는 덧붙였다.

"십자군 전쟁이 일어났을 때 나는 콘라트 황제[38]로부터 기사 칭호를 받았어. 우리는 전투 때마다 승리를 했고, 그래서 황제는 내 무훈을 기렸지. 나는 마지막으로 황제를 따라 저 사악한

---

38) 콘라드 3세로, 프랑스의 루이 7세와 함께 제 2차 십자군 원정을 했다. 하지만 그는 피렌체에 온 적이 없고 단테가 콘라스 2세와 혼동한 것 같다.

이교도들과 싸웠는데, 당시 이교도들은 우리 땅을 부당하게 점령하고 있었거든. 나는 칼라부리아 전투에서 용감하게 싸웠지만 불행하게도 순교를 하게 되었어. 허나 더러운 세상에서 풀려나 순교자[39]의 영예를 갖고 여기 화성천에서 행복과 평안을 누리고 있지."

---

39) 순교자는 연옥을 거치지 않고 곧바로 천국에 올라갈 수 있다.

# 제16곡

## 피렌체 비극의 기원

나는 고조할아버지 카차구이다의 얘기를 듣고 고귀한 가문의 후손으로서 자긍심을 느꼈다.

그러나 욕망으로 타락한 이 세상에서 가문의 자랑은 헛된 처사에 지나지 않는다. 아무리 훌륭한 혈통을 가졌다고 해도 대대로 새로운 공덕을 쌓지 않으면 덧없는 것이다. 혈통을 귀히 여기는 것은 바람에 날리는 허름한 외투에 지나지 않는다.

나는 최대한의 존칭을 써서 고조부에게 물었다. 지금은 사용하지 않는 '보이(당신)'라는 극존칭의 용어로 고조부를 불렀다. 내 말을 들은 베아트리체는 미소를 지어 보였다. 그녀에게 '보이'라는 말은 어색했던 것처럼 보였다. 왜냐하면 천국에서는 모두 평등했기 때문이다. 그것은 천국에서는 어울리지 않는 용어였다.

"당신은 내게 말할 수 있는 용기를 주었고 내 이름을 빛나게 해주셨습니다. 나는 그것만으로도 말할 수 없는 자부심과 자긍심을 느끼며 지금 기쁨에 젖어 있습니다. 이제 내 뿌리이기도 한 당신의 조상은 누구이며, 어린 시절은 어땠는지를 얘기해 주시지요."

내 말에 고조부는 흐뭇한 얼굴로 미소를 지으며 말했다.

"지금은 성녀가 되신 내 어머니께서 나를 출생한 지는 가브리엘 천사가 동정녀 앞에 나타나 수태고지를 알렸을 때로부터 1091년이 지난 시점이었다. 나는 피렌체에 있는 성 피에로의 제6구역에서 태어났다."

고조부는 짧게 말을 하고는 그만 침묵했다. 더 이상 조상들의 연원에 대해서는 말하지 않았다. 그것은 앞서 말했던 것처럼 혈통이나 조상 자랑은 다 헛된 것이라는 암묵적인 비판이 깔려 있는 것처럼 보였다.

나는 화제를 바꾸어 고조부가 살던 당대의 피렌체의 인구와 권력자들에 대해 물었다.

"내가 살던 피렌체는 베키오 다리 북쪽의 마르스 동상에서 남북 경계인 세례 요한의 성당까지를 가리켰지. 당시 인구는 지금의 5분의 1에 불과했어. 지금은 신분이 낮은 캄피, 체르탈도, 필리네 출신의 산골 사람들이 피렌체로 이주해 들어와 뒤섞이는 바람에 오염이 돼버렸지. 차라리 캄피, 체르탈도, 필리네 마을과 이웃해 있는 갈루초와 트레스피아노에 경계를 두었다면 너에게 사형을 언도한 아굴리온과 매관매직을 일삼던 시냐 따위의 부패한 무리들을 상대하지 않았을 거야."

나는 고조부의 말에 고개를 끄덕이지 않을 수 없었다. 내가 아는 한 교황과 추기경들이 세속의 황제들과 싸워 피렌체를 분열시키지 않았다면 피렌체 사람들이 쫓겨나고 이방인들이 들어오지는 않았을 것이다. 그리고 장사를 잘해 부자가 된 사람들은 자기 고조부가 구걸하고 다니던 세미폰테로 돌아갔을 것이다. 지금도 몬테무를로는 구이도 백작 일가의 것으로, 체르키는 아코네의 작은 도시에, 부엘델몬티는 발디그레베에 있을 것이다.[40] 결과적으로 교황과 황제 사이의 해묵은 분쟁이 없었더라면 외부인들이 피렌체에 들어오지 않았을 것이며, 따라서 피렌체의 불행도 없었을 것이다.

고조부는 피렌체에서 한때 명성이 높았던 가문과 그 인물들에 대해서 계속 말을 이어갔다.

"달의 운행에 따라 조수가 들락날락하듯이 피렌체의 명문가들의 부침도 그와 같았지. 우기, 카텔리니, 필리피, 그레치, 오르

---

40) 구이도 일가는 피스토야 측의 공격을 받아 1254년에 몬테무를로 성을 피렌체 인에게 팔았고, 체르키 가는 겔프당의 당수로서 아코네의 작은 도시에서 피렌체로 이주해 온 집안이었다. 낮은 신분의 체르키는 피렌체에서 부와 권력을 잡았다.

만니, 알베리키 등은 몰락하고 말았단다. 라비냐니 가문은 백당을 추방한 대죄를 진 체르키 가문과 이웃해 살았고. 체르키 가문은 성 베드로 문 위쪽에 살았고, 라비냐 가문은 조금 떨어진 곳에 살았거든."

고조부는 그 밖에도 내가 잘 알지도 못하는 수많은 명문가와 그 자식들이 얽히고설킨 인연을 일일이 예를 들어 설명을 해주고 나서 내게 예언처럼 말했다.

"훗날 오만불손한 동아리 아디마리 가문에 의해 너는 추방을 당한 후 재산을 몰수당하고 귀향을 못하게 될 거다. 네 앞길에 항상 걸림돌이 될 것이니 걱정이구나."

나는 걱정도 되고 불안한 마음도 들었다. 고조부의 내 앞날에 대한 경고이자 충고였기 때문이다. 내가 안타까운 마음에 대체 피렌체를 이 지경까지 부패하고 타락하게 된 원인이 어디서 비롯되었는지를 물었다.

"부온델몬테가 아미데이 가 사람들에게 살해됨으로써 피렌체의 평화는 종말을 고하게 되었지. 부온델몬테는 처음 피렌체에 오기 위해 에마 강을 건너야 했는데, 차라리 그때 강물에 빠져 죽었다면 피렌체의 비극은 없었을 텐데. 그 후 그는 아미데이 가의 딸과 약혼을 했는데도 도나티에게 설득당해 그의 딸과 결혼을 했어. 결국 아미데이 가 사람들은 베키오 다리 밑에서 부온델몬테를 살해하여 마르스 동상에 제물로 바쳤지. 그리고 이 사건

을 단초로 복수에 복수가 꼬리를 물고 이어지다가 마침내 겔프당과 기벨린당의 내란이 터졌고. 그 이후 꽃의 도시 피렌체는 사랑과 의로움이 넘치던 도시에서 피비린내 나는 정쟁과 혼란의 도시가 되었지."

나는 고조부의 말을 듣고 가슴이 터질 것 같은 슬픔에 몸을 가누지 못할 지경이었다. 피렌체를 상징하던 순결한 백합꽃이 피로 붉게 물들었으니, 아 내 조국의 비극은 언제나 끝날 것인가.

# 제17곡

## 미래의 내 운명

그 옛날 파에톤이 아버지 아폴론을 찾아가 죽음을 무릅쓰고 자신이 당신의 아들임을 밝혔던 것처럼 나 역시 미래의 운명에 대해 알고자 하는 욕망을 숨길 수가 없었다. 베아트리체와 고조 할아버지의 영혼은 이런 내 마음을 알아차렸는지 나에게 다가 왔다. 그때 베아트리체가 나를 격려하듯 입을 열었다.

"그대의 조상에게 궁금한 것은 무엇이든 여쭤보세요. 그렇다 고 우리 지식이 늘어나는 것은 아니지만 마음속의 갈증은 그때 그때 해소하는 것이 그대 자신을 위해서도 좋겠지요."

그녀의 격려에 힘입어 주저 없이 내가 입을 열어 말했다.

"오, 나의 뿌리인 거룩한 등불이여, 할아버지께서는 이미 천국

에 올라 계시니 우연과 인과의 법칙을 잘 알고 계시겠지요. 내가 위대한 시인 베르길리우스와 베아트리체의 인도로 연옥의 정죄의 산에 있는 동안이나 지옥을 순례하는 중에도 제 미래의 운명이 비극적일 것이라는 얘기를 들었습니다. 지옥에서는 파리나타와 브레네토로부터, 그리고 연옥에서는 말라스피나와 오데리시에게서 내가 추방될 것이라는 예언을 들은 바가 있지요. 허나 나는 운명에 흔들리지 않을 것입니다. 따라서 어떤 운명이 닥쳐오더라도 관계가 없으니, 내 미래의 운명에 대해 말씀을 해주시기 바랍니다. 죽을 때를 미리 알고 이를 조용히 맞이하면 갑자기 죽는 것보다 고통이 적을 것이니, 나 자신을 위해서도 부디 말씀을 해주시지요."

그러자 고조부는 좌고우면하지 않고 분명하고 단호하게 얘기를 시작했다.

"이 세상에서 우연하게 일어나는 일들도 사실은 하느님의 섭리 안에서 일어나는 것이지. 그렇다고 매 사건마다 무슨 필연성을 띠는 것은 아니야. 마치 강물 위로 흘러가는 배가 저절로 움직이는 것처럼 보이는 것과 마찬가지라고 할 수 있지. 여기에는 우연과 필연이 미묘하게 섞여 있어 섣불리 판단할 수가 없어. 다만 하느님은 영원의 눈으로 인간들이 우연이라고 하는 일을 바라보고 계시지. 내 눈에 너를 위해 예정된 하느님의 섭리가 보이기 시작하고 있으니, 이제부터 내 입이 바빠지겠구나."

고조부는 이렇게 말을 하고 고개를 들어 잠시 허공을 응시하더니 얘기를 계속했다.

"너는 피렌체를 떠날 수밖에 없는 운명이다. 이미 너를 추방하기 위한 계획이 세워져 있기 때문에 머잖아 그렇게 될 거야. 너는 권력투쟁에서 패배한 후 교황 보니파시오 8세를 비롯한 일당에게 추방을 당하게 된다. 너는 가족과 친지는 물론 그 밖의 모든 것을 잃게 될 거야. 그러나 하느님의 정의로운 심판은 천천히 그 모습을 드러내게 된단다."

내가 망명길에 오르게 될 것이라는 예언은 이미 연옥과 지옥에서 듣긴 했지만 이렇게 고조부의 입을 통해 들으니 가슴 한구석이 서늘해지는 느낌이었다. 고조부의 말은 계속 되었다.

"너는 쓰디쓴 슬픔과 비애를 경험하게 되겠지. 눈물 젖은 빵을 씹을 것이며, 남의 집 사다리로 오르내리게 될 거야. 그중에서도 너를 힘들게 하는 것은 같이 추방된 백당의 믿었던 동지들의 배신이다. 그들은 너의 은혜와 축복을 원수로 갚을 것이며, 끝까지 패악질로 너를 괴롭히겠지. 그럼에도 불구하고 얼굴을 붉힐 자는 네가 아니라 저들이란다. 너는 두 파당을 떠나 너만의 당을 갖게 될 거야."

"내가 추방되어 동가식서가숙하며 떠돌 때 나를 도와줄 사람은 없습니까?"

"왜 없어. 훗날 너는 롬바르디아 공[41]의 후원을 받게 돼. 그 집안의 문장은 금으로 된 사닥다리 위에 로마제국을 상징하는 독수리가 그려져 있지. 넌 훗날 황제의 대리인으로 기벨린당과 용감하게 싸워 그 이름을 드높인 바르톨로메오의 동생 칸그란데 델라 스칼라[42]를 보게 될 거야. 그 사람이 너를 돌봐주게 되지."

나는 지푸라기라도 잡고 싶은 심정이었다. 칸그란데의 사람 됨됨이에 대해서도 말해 주었다.

"그는 태어날 때부터 힘센 별인 화성의 기운을 받아 빛을 내고 있지만 이제 겨우 아홉 살에 불과한 어린애라 사람들이 알아보지 못하고 있지. 허나 성장하면서 훌륭한 덕성을 갖춘 인재로 그 위대함이 세간에 회자될 거야. 그로 인해 많은 사람의 운명이 뒤바뀌게 되지. 너는 그 이름을 잘 기억해 두되 입 밖에 내지는 마."

이렇게 말을 마친 고조부의 영혼은 마지막 충고를 했다.

"너를 옭아맬 덫은 한두 해가 지나면 풀어지게 될 거야. 그렇다고 너에게 악을 행한 보니파시오 8세나 코르소 도나티 등등과 이웃을 저주하지 마라. 너의 이름이 저들이 죗값을 치른 후보다 더 멀리 미래에도 빛날 것이거든."

---

41) 바르톨로메오 델라 스칼라를 가리킴. 단테는 몇 달 동안 그의 신세를 진다.
42) 바르톨로메오 델라 스칼라의 동생으로, 단테를 환대했다. 단테는 그에게 『천국』을 헌정했다.

나는 거룩한 영혼인 고조할아버지의 얘기를 들으면서 지금 내가 순례하고 있는 영계에 대한 얘기를 시로 써서 후대에 남기기로 결심했다. 물론 양심이 흐려진 자들은 내 시를 싫어할 것이고 학대할 것이다. 그러나 나는 내가 지옥과 연옥과 천국에서 보고 들은 것들을 다 드러낼 것이다. 그렇게 함으로써 죄지은 자들을 부끄럽게 만들 것이다. 좋은 약은 입에 쓴 것처럼 내 시도 그렇게 될 것이다.

## 제18곡

## 목성천의 정의의 영혼들

나는 축복받은 영혼 고조부 카차구이다의 예언을 듣고 골똘하게 그 예언을 음미했다. 조만간 다가올 추방과 망명을 떠올리자 만감이 교차하는 심정으로 가만히 서 있었다. 추방과 망명이 쓴맛이라면, 후일에 빛날 명성은 단맛이리라. 그때 내 거룩한 사랑 베아트리체가 미소를 지으며 말했다.

"다가올 운명의 태풍에 대한 생각으로 오늘을 망치지 마세요. 그대가 어디에 있든 그대를 지키는 하느님과 함께 내가 있다는 사실을 잊지 마세요. 그럼 위안이 될 테니까요."

나는 고개를 돌려 베아트리체를 바라보았다. 그녀의 눈을 바라보는 순간, 사랑스런 눈길이 내 모든 걱정과 욕망으로부터 나를 벗어나게 했다. 나는 그녀의 눈을 통해 하느님을 보는 듯한 착각이 들었다. 인간의 말로는 표현할 수 없는 거룩한 아름다움이 거기 깃들어 있었던 것이다. 그녀가 자상하게 말을 이었다.

"그대의 조상 카차구이다에게 돌아가 더 말씀을 들어보세요. 천국은 내 눈 속에만 있는 게 아니랍니다."

나는 몸을 돌려 거룩한 빛의 불꽃 카차구이다 고조부의 영혼을 바라보았다. 여전히 찬란한 빛을 발하고 있었다. 그는 불꽃으로 자신의 의사를 전달했다. 지상의 나무는 뿌리에서 영양분을 받지만 천국에선 맨 꼭대기 하느님이 계시는 엠피레오에서 받는다.

"여기 다섯 번째 하늘인 화성천에 살고 있는 영혼들은 지상에서 덕망이 높았던 사람들이지. 그래서 시인들이 그들을 소재로 삼아 많은 시를 남기기도 했단다. 이제 내가 너를 위해 저들의 이름을 불러 하나씩 소개할 테니 잘 보거라."

나는 고조부가 가리키는 영혼들에게 집중했다. 십자가의 뿔모양을 이루는 양팔을 보니 번갯불처럼 빛나는 영혼들이 보였다. 고조부가 첫 번째로 호명한 영혼은 여호수아[43]였다.

그다음 고조부가 호명한 영혼은 마카베오[44]였다. 그다음으로

---

43) 그는 모세의 후계자로서 이집트를 탈출한 이스라엘 백성들을 이끌고 가나안으로 인도한 지도자.
44) 시리아 왕의 폭정으로부터 이스라엘 백성을 해방시킨 유대민족의 독립투사이자 장군.

신성로마제국의 첫 황제로 스페인의 사라센 사람들을 무찌른 영웅 샤를마뉴의 이름이 호명되었고, 뒤이어 공작의 몸으로 후일 수도승이 되었던 구일리엘모가 호명되었다. 영혼들의 이름이 호명될 때마다 십자가를 가로질러 달려가는 빛들이 번쩍거렸다. 다음으로는 사라센 사람으로 그리스도교로 개종한 용감한 수도승 르누아르[45]의 이름이 호명되었고, 이어서 고드프루아,[46] 귀스카르[47]의 이름이 호명되었다.

이렇게 고조부는 소개를 하고 다시 빛의 무리 속으로 들어갔다. 나는 몸을 돌려 베아트리체에게로 향했다. 그녀는 빛나는 광채를 뿜어내며 아름다움이 무엇인지를 드러냈다. 그러다 어느 한 순간 그녀의 얼굴이 하얗게 변하는 것을 목도하면서 나는 화성천을 떠나 여섯 번째 하늘인 목성천에 올라왔음을 직감했다.

우리를 받아들인 목성천의 영혼들은 하얗게 빛의 무리를 이루며 반짝이고 있었다. 마치 새들의 무리가 여러 모양과 대열을 이루며 공중으로 날아오르는 것처럼 빛나는 영혼들은 이합집산의 움직임을 보이며 라틴어 D자로, I자로, L자로 모양을 그리고 있었다. 이 모양은 '너희가 서로 사랑하라(Diligite)'는 라틴어의

---

45) 전설적인 무사로 기욤에 의해 기독교로 개종.
46) 제1차 십자군 전쟁의 총대장으로 참전, 예루살렘의 왕국의 초대 왕이 됨.
47) 11세기 남부 이탈리아를 침략한 노르만 족의 우두머리.

첫 세 글자였다.

나는 뮤즈를 불러 영감을 구하는 노래를 불렀다.

"오, 시의 여신 뮤즈여! 내가 본 천국의 영혼들을 노래할 수 있게 영감을 불어넣어 주시기를!"

내 눈앞에서 영혼의 빛들은 서른다섯 글자를 만들었는데, 그것은 'DILIGITE JUSTITIAM(정의를 사랑하라)'와 'QUI JUDICATIS TERRAM(땅을 심판하는 이여)'라는 말이었다. 그 후에는 뒤의 다섯 번째 낱말(terram)의 M자에서 멈추었다. 그리고 M자 위에는 수많은 영혼들이 몰려와 빛을 발하며 움직이기 시작하더니 마침내 독수리 형상을 그려냈다. 나는 독수리는 정의의 상징이므로 목성은 정의를 나타내는 하늘임을 깨달았다.

나는 정의의 목성천을 바라보며 지상에서도 정의가 실현되기를 간구했다. 나는 하느님께 정의의 빛을 가로막는 연기가 어디서 나오는지를 잘 보시고 부디 원래의 빛이 회복되기를 염원했다. 연기가 나는 곳은 교황청이었다. 그 옛날 거룩한 성전이 상인들의 놀이터가 되고 제물로 비둘기를 파는 것을 보고 진노하셨던 예수님 당시로부터 천 년의 세월이 지났어도 상황은 마찬가지였던 것이다. 지금 교황 보니파시오 8세는 칼을 들고 싸움질을 하며 파문을 일삼고, 또 돈을 받고 파문장을 거둬들이는 짓을 하고 있었다. 그는 하느님의 대리자가 아니라 성직 매매꾼에 불과했다. 그는 교회를 망치고 있지만 베드로와 바울은 아직도 교회를 지키고 있다. 나는 천국의 영혼들에게 세상에서 길을 잃은 자들을 위해 기도해 줄 것을 부탁했다.

현재 교황은 세례자 요한에게 굳은 믿음을 가진 것이 아니라 금화에 요한이 새겨져 있어 그를 의지하고 있는 형국이니 교회의 부패와 타락을 어떻게 말로 다할 수 있겠는가. 그러나 교황은 꼭 알아야 할 것이다. 세례자 요한을 금화에 새겨 넣은 것은 그가 피렌체의 수호성자이기 때문이지 당신 같은 배금주의자들의 욕심을 채우라고 그랬던 것이 아니라는 사실을 말이다.

# 정의의 독수리 영혼

내가 베아트리체와 함께 머물고 있는 여섯 번째 하늘 목성천은 저 세상에서 정의를 실현한 영혼들이 거주하고 있는 곳이었다. 내가 교황청의 타락과 부패를 비판하고 독수리 형상을 한 정의의 영혼들에게 부디 지상의 교회가 원래의 거룩한 빛을 되찾게 해달라고 간구하고 있을 때에도 독수리 형상의 영혼들은 그날개를 펼쳐 눈부시게 반짝이고 있었다.

그 모습은 아직까지 내가 그 어디에서도 한 번도 본 적이 없는 아름다운 광경이었다. 수많은 영혼들이 모여 독수리 형상을 하고 있었지만 그것은 하나로 된 인격체처럼 생각되었다. 신성한 상징을 한 독수리의 부리 모양을 한 곳에 있던 영혼들이 내

쪽으로 움직이더니 거기서 말소리가 흘러나왔다.

"나는 하느님의 정의의 상징으로서 목성천에서 지복을 누리고 있답니다. 나는 제국의 처지로는 감히 바라볼 수조차 없는 하늘의 영광으로 높이 우러름을 받고 있지요. 그렇지만 지상의 악인들은 로마제국을 기리면서도 정의를 지키지 않으니, 그 죄업을 어찌 다 씻을지 걱정이 이만저만이 아닙니다."

이렇게 말을 하는 정의의 영혼들은 무리를 이루고 있었으나 목소리는 하나였다. 이번에는 내가 나서서 말했다.

"내 영혼은 오랫동안 미지의 진리에 허기져 있었지요. 하지만 세상에서는 내 허기를 채워줄 만한 진리를 찾지 못했답니다. 그러니 부디 그대들이 내 진리의 허기를 채워 주시기 바랍니다. 천국에는 하느님이 갖고 있는 정의의 거울이 있는 까닭에 그대들의 눈에도 정의가 비친다는 것을 알고 있습니다. 이만하면 내가 가슴 속에 품고 있는 의문이 무엇인지 짐작을 하셨겠지요."

내 말을 들은 영혼들은 하느님을 찬미하는 노래를 부르다가 그 목소리 그대로 얘기를 시작했다.

"하느님은 천지를 창조하시면서 우리에게 빛과 어둠을 주시고 그곳에서 살도록 모든 것을 만드셨습니다. 그분은 오직 말씀만으로 세계를 창조하셨지요. 그러나 피조물은 불완전한 존재였기에 그분의 완전한 권능을 받아들일 수가 없었지요. 그럼에도 천사장 루시퍼는 자신의 교만을 믿고 하느님의 은총을 기다리지 못한 죄 때문에 저 아래 지옥에서 고통을 당하고 있는 것입니다. 하물며 루시퍼보다 약한 인간이 하느님의 권능이 역사하시는 이 세계의 정의와 선의 의지를 어찌 다 헤아릴 수 있겠습니까?"

하느님의 피조물 중 맨 처음 창조되었고 가장 뛰어났다는 루시퍼 역시 하느님의 은총이 없이는 한낱 미물에 불과했다. 이 세상 삼라만상 어디에나 존재하시는 하느님은 믿고 따르는 자에게 당신의 지혜를 채워주시지만 그렇지 않은 자에게는 루시퍼처럼 정의의 심판으로 지옥으로 내치시는 것이다. 그러므로 지상의 지혜로는 하느님의 정의를 판단한다는 것은 어불성설이었다.

하느님의 탁월성은 모든 피조물을 영원히 능가하며 무엇으로도 그분의 의지를 읽을 수가 없다. 우리 피조물은 성경대로 살아야 하며, 하느님은 완전하고 선하며 의롭다는 것에 만족해야 한다. 인간의 시각으로는 하느님의 깊은 지혜의 심연을 이해할 수가 없는 것이다.

그때 다시 독수리 형상의 영혼들이 부리를 움직여 말했다.

"그대는 아직 마음의 눈을 뜨지 못했나 봅니다. 마음속에 앙금이 남아 있으니 말이오. 그대의 의심은 자신은 아무 잘못이 없지만 세례를 받지 못한 영혼이 저주를 받는다는 교리가 하느님의 정의에 과연 합당한가 하는 것이겠지요."

나는 그렇다고 조심스럽게 고개를 끄덕이며 수긍하는 자세

를 보였다. 과연 그랬다. 그리스도가 이 세상에 오기 전에 살았던 착하고 선한 사람들이 지옥으로 떨어진다면, 그게 과연 하느님의 공의로운 정의라고 할 수 있겠는가. 사실 이 문제는 일찍이 지옥의 림보를 지날 때 베르길리우스에게 들은 얘기였으나 아직 말끔하게 이해된 것은 아니었다.

"그대는 천 리 밖에 있으면서 감히 심판의 자리에 앉아서 판단을 하려고 합니까? 인간은 가까운 것을 보고 하느님은 먼 데를 보십니다. 성경의 기계적 해석은 문제가 있지만, 인간은 성경의 권위에 의지하고 따라야만 합니다. 인간의 두뇌는 무디기 때문이지요. 정의란 다른 게 아니라 하느님의 의지에 우리를 일치시키는 것입니다. 하느님의 의지가 빛을 발하여 사물을 창조하신 이상 피조물 쪽으로 하느님의 의지가 굴절돼 왜곡될 까닭이 없습니다."

황새가 새끼에게 먹이를 먹이면 새끼가 어미를 쳐다보는 것처럼 나 역시 날개를 펼친 독수리 형상의 영혼들이 날개를 펼치고 노래하는 모습을 바라보기에 바빴다. 영혼들 역시 나를 쳐다보며 먹이를 먹여주듯이 말했다.

"내 말을 그대가 알아듣지 못하는 것처럼 하느님의 정의의 심판도 인간은 알지 못할 것이오. 그리스도 없이 인간은 구원받을 수가 없는 존재입니다. 세례를 받고 그리스도를 믿는 신앙을 실천하지 않고는 그가 누구든지 천국에 들어갈 수가 없답니다. 하지만 말로만 주님을 찾는 사람들은 이교도들보다 하느님 곁에서 더 멀리 있게 됩니다."

예수를 알지 못했거나 예수를 믿긴 믿었으나 실천 없이 입으로만 믿은 자들은 천국에 들어갈 수 없다는 말이었다. 이어 독수리의 영혼은 말로만 하느님을 섬긴 자들은 이교도인 에티오피아 사람들이 처벌할 것이라고 말했다. 그리고 그때 부유한 자들과 가난한 자들이 구별되며 온갖 쑥스러운 행적이 적혀 있는 책이 펼쳐질 것이라고 일러주었다.

죽은 자들은 누구나 하느님 앞에 서게 되는데, 그곳에는 생전의 행적이 기록된 책이 펼쳐져 있다고 했다. 따라서 죽은 자들은 책에 기록된 대로 심판을 받게 된다는 것이었다. 다시 독수리의 영혼이 입을 열었다.

"그 책에는 오스트리아의 알베르트[48]가 프라하를 침공하여 폐허화시킨 일도 적혀 있지요. 그는 대관은 받지 못했으나 황제가 되었다가 후에 생질에게 피살당했던 인물입니다. 아울러 전쟁 비용을 조달하기 위해 위조화폐를 마구 찍어냈던 프랑스 왕 필리프 4세의 죽음에 대해서도 적혀 있답니다. 그리고 스코틀랜드 인과 잉글랜드 인이 서로 땅을 놓고 벌인 전쟁에 대한 얘기도 적혀 있지요. 그 밖에도 스페인 왕 페르디난도 4세와 보헤미아

---

48) 합스부르크 왕가의 알베르트 1세.

의 왕 벤체슬라우스의 유약했지만 음란했던 행적도 적혀 있답니다."

나는 독수리의 영혼이 불러내는 인물들의 사악한 행동에 눈살을 찌푸렸다. 그 밖에도 독수리의 영혼은 예루살렘의 왕이자 나폴리 왕으로 악행으로 악명이 높았던 카를로 2세, 안키세스가 장수를 누렸던 시칠리아의 왕으로 속이 좁아터지기로 유명했던 페데리코 2세 등의 행적도 책에서 밝혀질 것이라고 말하면서 덧붙였다.

"욕심꾸러기였던 포르투갈 왕 디오니시오 아그리콜라, 노르웨이의 왕 야코네 7세를 비롯하여 왕위 쟁탈전이 일어났던 헝가리와 프랑스에 통합된 나바라[49]의 그간의 행적이 책에 낱낱이 기록될 것이오. 벌써 이 모든 것들을 증거하듯이 키프로스 섬의 두 도시인 니코시아와 파마코스타는 짐승 같은 프랑스 왕[50]의 폭정으로 고통을 당하고 있는 것이 보이고 있소이다."

---

49) 피레네 산맥에 둘러싸인 왕국.
50) 앙리 2세.

# 제20곡

## 정의를 실천한 통치자들

내가 머물고 있는 목성천은 눈부신 광채를 내뿜으며 하느님의 영광을 드러내고 있었다. 축복받은 영혼들이 빛의 무리를 이루어 단속적으로 하느님에 대한 찬미의 노래를 반복하고 있었다. 독수리의 영혼들이 잠시 조용해지자 다른 지복의 영혼들이 찬양하는데 상징적 실체로서 하나의 목소리가 아닌 각각의 제 목소리로 노래했다.

그리고 빛살이 사라질 때 태양의 빛을 반사시켜 빛나는 수많은 별들이 떠올라 하늘을 장식했다.

그때 통치자들의 표지임을 알리는 왕들의 휘장인 독수리 형상의 영혼들이 잠시 멈추었던 노래를 다시 시작했다. 마치 처음에는 바위틈에서 솟아나 흘러가는 시냇물의 속삭임이 비파 소리처럼 들리더니, 그다음엔 피리구멍에서 나오는 바람소리처럼 들려왔고, 마지막으로 거룩한 영혼들의 목소리가 되어 흘러나왔다.

"지상의 독수리들은 태양의 직사광선을 견뎌내었다. 지금 내게서 사물을 보는 내 눈을 눈여겨보시오."

나는 그 말에 따라 사물을 보는 기관인 독수리 형상의 눈 부분에 있는 영혼들에게 시선을 집중했다. 독수리 형상의 눈을 구성하고 있는 빛들은 목성천의 중요한 영혼들이었다. 다시 목소리가 독수리 형상의 부리에서 흘러나왔다.

"그대는 잘 보세요. 지금 눈이 되어 빛을 발하고 있는 다섯 개의 별들은 이곳에서 가장 으뜸가는 영혼들이랍니다. 그들은 지상에서 정의를 실천한 통치자들이었지요. 먼저 눈동자로 빛나는 분은 다윗 왕이라오. 그는 언약의 궤를 메어 옮겼던 믿음의 전사이며, 이스라엘의 왕이었지요. 또한 그는 거룩한 시로 하느님을 찬양했으므로 하느님의 은총을 받았다오. 그는 하느님의 은총 중에서도 가장 높은 지위와 상급을 받았지요."

여기까지 말을 마친 영혼은 차례로 다섯 개의 빛나는 별들에 대한 소개를 시작했다.

"그다음 별은 트라야누스 황제입니다. 그는 눈썹처럼 아치 모양을 하고 부리에서 가장 가까운 곳에 위치하고 있지요. 이미 많이 알려진 얘기지만, 그는 아들을 잃고 원수를 갚아 달라는 한 과부의 말을 듣고 전장에 나가야 함에도 불구하고 과부의 원수를 갚은 다음에 전쟁에 나갔던 어진 황제였지요. 그는 얼마 전까지 지옥에 있다가 교황 그레고리우스의 기도로 천국에 왔답니다. 천국의 행복을 맛본 그는 이제야 지옥에서 하느님을 따르지 않았던 것이 얼마나 큰 불행인가를 깨닫고 있는 중이지요."

독수리의 부리에서 나오는 목소리는 계속 이어졌다.

"그대는 다윗 왕의 손자이자 유대의 왕이었던 히스기야[51]를 알고 있겠지요. 지금 눈썹의 활 위에 자리 잡고 빛나는 별이 바로 히스기야랍니다. 그는 참회로 죽음을 늦추었지요. 하지만 기도가 오늘의 일을 내일로 미룰 수는 있으나 하느님의 영원한 심판은 바뀌지 않는다는 사실을 역설적으로 알려준 인물이었지요."

나는 영혼의 말에 수긍하지 않을 수 없었다. 하느님은 누구랄 것도 없이 개개인에게 그 소망을 실현시켜 주시고 계셨다. 나는 새삼 감사의 기도를 올렸다. 영혼이 말한 다음 별은 로마의 콘스탄티누스 대제였다.

"그는 눈썹의 가장 꼭대기 부분에 위치하고 있답니다. 그는 로마제국의 수도를 로마에서 비잔틴으로 옮겨 동로마 시대를 열었

---

51) 히스기야가 중병을 앓게 되자 선지자 이사야가 나타나 임종이 임박했음을 알려주었다. 이에 히스기야는 하느님께 간절히 기도하여 15년이나 생명을 연장받았다.

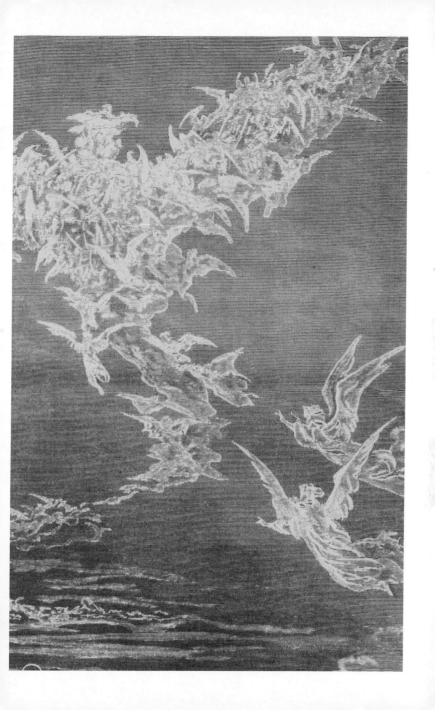

지요. 그 결과 로마는 교황에게 넘어가버렸답니다. 그의 선의에도 불구하고 그리스도교에 나쁜 결과를 가져왔지요. 이후 로마의 정치권력을 상실하게 되었고 제국은 내리막길을 걷게 되었지요."

그 뒤를 이어서 독수리의 영혼은 시칠리아 폴리아의 왕 굴리엘모 2세에 대해 말했다.

"그는 눈썹 아래쪽에 위치하고 있지요. 그는 선정을 베풀고 평화와 정의를 사랑했기에 당시 사람들은 시칠리아를 가리켜 지상 낙원이라고까지 말을 했답니다. 하지만 지금은 폭정으로 통곡의 땅으로 변해버리고 말았지요. 하느님이 얼마나 의로운 통치자를 사랑하는지를 굴리엘모를 통해서 알 수 있답니다."

이번에는 내가 나서서 독수리 형상의 영혼에게 다음 다섯 번째 별은 누구인지를 물었다.

"그는 트로이 사람 리페우스[52]랍니다. 그는 그대의 스승 베르길리우스로부터 가장 정의로운 영웅이라고 칭송을 받았던 인물입니다. 우리는 상상할 수 없지만 그게 하느님의 불가해한 섭리지요. 그는 비록 이교도였지만 지금은 빛나는 다섯 번째 별로 하느님의 축복을 받고 있으니, 누가 성령의 역사를 함부로 말할 수 있겠소. 아마 리페우스조차도 하느님의 은총을 받고 있지만, 그의 눈으로 하느님의 심오한 섭리를 볼 수는 없을 것입니다."

---

52) 트로이의 영웅.

나 역시 트라야누스 황제와 트로이 사람 리페우스가 이곳에 와 있는 것을 보고 놀랐다. 그 둘은 그리스도를 알지 못하고 죽은 이교도로 생각했기 때문이다. 내 의문에 대해 독수리 형상의 영혼은 트라야누스가 림보 지옥에서 구원을 받아 천국에 오게 된 경위와 리페우스가 그리스도 강림 전에 장차 올 그를 믿고 여기 온 것은 하느님의 은혜로 말미암은 것이라고 말했다.

이어 독수리의 영혼은 하느님의 예정의 신비를 인간은 알 수 없다고 말했다. 전체를 보지 못하고 부분만을 보는 인간에게 하느님의 예정된 신비는 다만 현묘할 뿐이라는 것이다. 그러므로 함부로 판단해서는 안 되는데, 왜냐하면 우리 지식의 결핍도 하느님 앞에서는 기쁨이 되기 때문이라고 덧붙였다. 그러고 나서 하느님의 깊은 뜻을 탐지하려는 인간의 불손에 대한 경고로 말을 마쳤다.

그때까지 트라야누스와 리페우스의 영혼은 독수리의 눈에서 더욱 찬란한 빛을 발하며 하느님의 축복과 영광을 밝히고 있었다.

# 제21곡

## 피에트로 다미아노의 분노

나는 문득 잊고 있었던 베아트리체를 생각하고 눈을 돌려 그녀를 바라보았다. 그녀의 아름다움은 더 높은 하늘로 올라갈수록 더욱 찬란한 빛을 뿜어냈다. 다만 그 까닭은 짐작할 수 없었지만 다른 때와는 달리 입가에서 그 특유의 밝은 미소를 볼 수 없었다. 전에 없는 그녀의 태도에 나는 내심 당황했다.

그녀가 다소 냉정한 표정으로 말했다.

"내 이런 모습이 이상한가요? 하지만 내가 웃었다면 재가 되었던 세멜라[53]처럼 그대도 그렇게 되었을 거예요."

베아트리체는 세멜라를 예로 들어 설명하며 내 시력을 보호하기 위해 웃지 않았다고 설명했다.

"그대도 보았겠지만 나는 천국에 가까운 하늘에 올라갈수록 아름다워지고 더욱 강렬한 광채를 내뿜고 있습니다. 자칫하면 그 광채에 그대가 번갯불에 맞은 나무 잎사귀처럼 될까 걱정이 앞섰던 것입니다. 이제 내가 웃지 않은 이유를 알겠지요?"

나는 그녀의 배려가 너무 고마웠지만 왜 하필 이 시점에서 그래야 하는지 궁금했다. 언제나 그렇듯이 그녀가 나서서 내 궁금증을 해소해 주었다.

"그건 우리가 이미 일곱 번째 하늘인 토성천에 올라와 있기 때문입니다. 토성천은 원래 얼음 알갱이들이 띠를 이루고 있어서 서늘한 기운이 지배하는 곳이지만, 지금은 불타는 사자성과 결합하여 적절한 빛을 던져주고 있지요. 이제 그대 마음을 눈이 이끄는 데로 향하게 해보세요. 그럼 그 거울 속에 보이는 게 있을 테니까요."

나는 나의 수호자 베아트리체의 말에 기쁨으로 순종했다. 내가 베아트리체를 바라보자 거기서 나는 영원한 진리의 빛을 볼 수 있었다. 아마도 내 말을 이해하는 사람이라면, 내가 그녀를 바라보면서 느끼는 기쁨보다 그녀의 말에 순종함으로써 느끼는 기쁨이 더 크다는 것을 알 수 있었을 것이다.

---

53) 테베의 왕 카스모스의 딸이었던 그녀는 제우스를 사랑했다. 그러나 헤라의 꾐에 빠져 제우스에게 위엄의 빛을 보게 해달라고 졸랐고, 제우스는 할 수 없이 그녀의 청을 들어주었다. 세멜레는 그 빛을 보는 순간 그만 재가 되고 말았다.

그때 내 눈에 태양을 받아 반짝이는 황금 사다리가 보였다. 사다리는 마치 하늘에 이르는 영롱한 무지개처럼 내 눈이 미치지 않는 저 위쪽 까마득한 곳까지 이어져 있었다. 그리고 위쪽에서 수많은 빛의 무리가 장엄한 광채를 발하며 내려와 황금 사다리를 돌며 시계 밖으로 오르내리기를 반복하고 있었다. 그들은 지상에서 명상과 사색의 삶을 살았던 영혼들이었다. 그 모습은 까마귀들이 공중을 선회하다 지상으로 내려앉았다 다시 올라가는 것과 흡사했다. 까마귀는 검고 아름다운 새가 아니었지만, 그것은 수도자의 복장과 모습을 상징하는 것처럼 보였다.

그중 한 영혼이 내게 다가왔다. 나는 베아트리체의 동의를 얻어 그 영혼에게 물었다.

"거룩한 영혼이시여, 내게는 그대의 대답을 들을 만한 공덕이 없습니다만, 내가 질문을 하도록 허락해 준 베아트리체를 보아 대답해 주십시오. 그대는 왜 내게 가까이 왔으며, 또한 저 아래 천국에서는 언제나 찬미가가 울려 퍼지곤 했는데, 어찌 이곳에서는 노랫소리가 들리지 않나요?"

예의 그 영혼이 대답했다.

"그건 그대의 눈이 그렇듯이 귀 역시 지상의 소리에 익숙하기 때문이랍니다. 그리고 그건 거룩한 여인 베아트리체가 웃지 않는 것과 같은 이유이죠. 그리고 내가 사다리를 타고 저 위에서 내려온 것은 사랑의 몸짓으로 그대를 환영하기 위한 것입니다."

그 말에 나는 예정론의 신비를 알고 싶어 질문했다.

"다른 많은 영혼들 중에 어째서 하필 그대가 내 앞에 오신 것입니까? 하느님께서 무슨 소임을 주셨나요?"

내 말이 끝나기도 전에 영혼은 마치 맴을 돌 듯이 빙그르르 돌더니 더욱 빛나는 모습으로 말했다.

"지금 나를 둘러싸고 있는 빛을 뚫고 하느님의 빛이 내 위에 와 계십니다. 그 힘이 나를 끌어당겨 빙그르르 돌았던 것이지요. 이것은 사랑의 기쁨에서 오는 선물로서 눈의 밝기에 따라 빛의 밝기도 달라지죠. 물론 가장 빛나는 영혼은 하느님을 가장 가까이 모시고 있는 세라핌 천사들이고요. 그대는 세라핌 천사도 모르는 것을 더 이상 알려고 하지 마세요. 그대의 질문은 하느님 외에는 누구도 흡족한 대답을 할 수 없답니다."

나는 영혼의 말에 말문이 막혔다. 거기다 영혼은 내게 예정의 신비에 대하여 깊이 묻지 말도록 세상에 돌아가 말해 주기를 요청까지 받았으니, 나로서는 말문이 막힐 수밖에 없었다.

이에 나는 말머리를 돌려서 그대가 누구냐고 물었다.

"이탈리아 남부 그대의 고향 피렌체에서 멀리 않은 곳에 아펜니노라는 바위산이 있다오. 그리고 거기 산꼭대기에 오직 기도와 묵상만을 위해 축성된 성 십자가 수도원이 있지요. 나는 그곳에서 하느님을 찬미하는 영광을 누리며 살았답니다. 계절에 관계 없이 올리브 즙으로 양식을 삼고 묵상으로 세월을 보냈지요. 허 나 그 수도원은 허무하게 피폐해졌답니다. 머잖아 그 실체가 드 러나게 될 테지요. 내가 그곳에 있을 때는 피에트로 다미아노[54] 라고 불렀소이다."

피에트로 다미아노는 엄격한 성직자로 교회의 충복이었으며 하느님의 진정한 종이었다. 그가 성직에서 물러나 수도원으로 들어가 평범한 수사로 일생을 마감한 것은 그 때문이었다. 그는 성직에 대해 사람들이 임의로 씌워놓은 권세와 영광 속에 구더 기가 들끓었다고 비판했다. 그래서 베드로와 바울이 그랬던 것 처럼 헐벗고 야위어 아무 데서나 자고 먹었는데 세속의 성직자 들은 짐승처럼 탐욕스러웠다고 분노했다.

"요즘 성직자들은 옆에서 부축하고 앞에서 끌고 뒤에서 떠받 쳐야 할 만큼 살이 엄청나게 쪘답니다. 그네들이 타는 말까지 그 꼴이라 두 마리의 짐승이 걸어가는 것과 뭐가 다르겠소. 오, 하느님, 너무 참고 계십니다. 우리가 이 꼴을 대체 언제까지 봐 야 하는 겁니까?"

피에트로 다미아노의 말이 끝나자 수많은 빛의 영혼들이 사

---

54) 라벤나 태생으로 인문학과 법률을 공부한 뒤 나이 서른에 수도원 생활을 시작했다. 그 는 모범적인 수도승으로 오스티아의 주교를 거쳐 추기경이 되었다. 하지만 금세 모든 성 직에서 물러나 수도원으로 들어가 저술을 하는 데 힘썼다.

다리를 타고 내려와 맴을 돌았다. 그리고 피에트로 다미아노를 둘러싸더니 별안간 천둥 같은 함성을 내질렀다. 그 소리가 얼마나 크던지 지상에서는 한 번도 들어보지 못한 천둥소리 같았다. 나는 그 소리에 압도되어 그만 주저앉고 말았다.

# 제22곡

## 성 베네딕투스의 충고

천둥 같은 함성에 놀라 주저앉았던 나는 겨우 정신을 차리고 베아트리체를 바라보았다. 아마 누가 내 모습을 보았다면, 곤경에 처해 어머니를 부르며 구원을 요청하는 어린애 같았을 것이다. 그만큼 내 심정은 절박했고 불안했다.

나의 수호자 베아트리체가 나서서 아이를 돌보는 어머니처럼 자애로운 목소리로 말했다.

"그대는 두려워할 필요가 없습니다. 여기는 천국이라는 것을 잊지 마세요. 여기서는 아무리 경천동지할 일이 일어나도 그것은 선한 열정의 결과인 것입니다. 그대가 들었던 천둥 같은 함성도 마찬가지랍니다. 그대는 내가 왜 미소를 보여주지 않았는지

를 기억하세요. 아울러 토성천에서 왜 하느님을 찬미하는 노랫소리가 들려오지 않았는지를 기억해 보세요."

베아트리체의 말은 이어졌다.

"그대가 들었던 천둥 같은 함성은 사실은 기도 소리랍니다. 피에트로 다미아노가 교황과 추기경 등 부패한 성직자들을 두고 했던 말을 한번 기억해 보세요. 그러면 그 함성은 타락하고 부패한 성직자들에게 떨어질 복수의 칼날임을 알게 될 것입니다. 하느님의 정의의 심판은 늦지도 빠르지도 않은 시점에 내려질 겁니다. 다만 그 심판을 기다리며 두려워하는 자들에게는 그 시기가 빠르다고 느껴질 뿐이겠지요. 자, 그러니 이제 눈을 들어 다른 영혼들을 보세요. 그대가 반가워할 훌륭한 영혼들을 볼 수 있을 것입니다."

나는 베아트리체의 말을 듣고 비로소 마음의 평안을 회복했다. 그리고 눈을 들어 그녀가 가리키는 곳을 바라보았다. 거기에는 수많은 영혼들이 진주처럼 영롱하게 빛나며 서로에게 빛을 주고받으며 일대 장관을 연출하고 있었다. 그것은 황홀하고 아름답고 거룩했다. 그중에서 가장 크고 찬란하게 빛나는 영혼이 내 곁으로 다가와 말을 걸었다.

"내가 카시노에 왔을 때 거기에는 아폴론과 비너스를 예배하는 신전이 있어 무지몽매하고 불경한 백성들이 오르내리고 있었지요. 나는 신전을 헐고 그 자리에 진리를 가져오신 하느님의 집을 지어 갈팡질팡하는 이교도들에게 그리스도교를 전파해 그들을 우상숭배로부터 구원하게 되었답니다. 이런 일은 다 하느님의 은총 덕분이었지요. 이만하면 그대는 내가 이름을 밝히지 않아도 누군지 알 수 있겠지요?"

나는 깜짝 놀라 휘둥그레진 눈으로 찬란하게 빛나는 영혼을 바라보며 나도 모르게 '오, 성 베네딕투스[55]여!' 하고 외쳤다. 그는 그리스도교의 역사에서 한 페이지를 이루는 성인 베네딕투스였던 것이다. 이제 나는 그와 대면하고 있었다.

그는 성경에 나오는 예언자들과 비견될 정도로 수많은 이적을 행했는데, 그럴수록 그를 시기하고 모함하는 사람들도 많았다.

"그대는 내 생애에 대해 잘 알고 있소이다. 지금 이곳에 있는 영혼들은 생전에 묵상과 기도를 일삼은 자들이니 하느님에 대한 열정을 불태웠던 거룩한 영혼들이지요. 저기 보이는 이가 마카리우스[56]이고, 이쪽에 있는 이가 로무알두스[57]라고 합니다. 그들은 모두 베네딕트회의 형제들로 참으로 아름다운 삶을 살았지요."

---

55) 로마 노르치아 태생인 베네딕투스는 서방 교회 수도원의 창설자이다. 그는 3년 동안 로마 근교의 수비아코에 있는 호숫가 바위 동굴 속에서 은거하며 청빈하고 경건한 삶을 실천했다.
56) 알렉산드리아 출신으로 동방에서 수도원을 확산시켰다.
57) 라벤나 출신으로 카말돌리 수도원의 창시자.

나는 베네딕투스와 두 영혼들에게 고개 숙여 예를 표했다. 나는 베네딕투스가 나타나 내 마음을 태양에 장미가 피어나는 것처럼 밝혀주신 것에 감사한 후 궁금했던 점을 물었다.

"거룩한 빛에 둘러싸여 있는 베네딕투스 성인시여, 나는 당신을 둘러싸고 있는 그 휘황하고 찬란한 빛 때문에 당신의 모습을 볼 수가 없습니다. 부디 은혜를 베풀어 빛의 빗장을 풀어 당신을 뵙게 해주시기를 바랍니다."

"그대의 소망은 항성천에 오르면 자연히 해결될 것이니 서두르지 마시오. 지금 그대의 눈으로는 볼 수가 없다오. 우리의 황금 사다리가 그 끝까지 이어지고 있어 그대는 이곳에서 볼 수 없소. 거기는 지상의 시공간이 아무 의미도 없는 곳이지요. 하지만 야곱이 생전에 꿈속에서 천사들이 오르내리는 사다리를 보았던 적이 있지요. 그게 하느님에 대한 사랑의 결과라는 것을 모르는 어리석은 사람들뿐이니……. 그래서 지금은 황금 사다리를 오르려는 사람들도 없고, 뿐만 아니라 내가 심혈을 기울여 완성한 회칙도 버려져 먼지만 쌓여가고 있으니, 이 얼마나 안타까운 일이란 말이오."

그에 따르면 지금 수도원의 회칙은 쓰레기가 되어버렸고 수도원 돌담은 도둑의 소굴이 되어버렸다고 비판했다. 아울러 수도승의 의복은 탐욕의 자루가 되었고 교회의 재산은 가난한 자를 위한 것인데 함부로 낭비하고 있다고 분노했다. 그는 작금의 교회와 수도원에 대해 절망적인 탄식을 쏟아낸 후 동료들과 함께 회오리바람처럼 빙글 위로 돌며 사라졌다.

그때 베아트리체가 나타나 영적인 힘으로 나를 황금 사다리 위로 밀어 올렸다. 순식간에 이루어진 일이었다. 우리는 이윽고 항성천에 올랐다. 나는 직감으로 나의 시적 재능이 여기 항성천의 별인 쌍자궁으로부터 부여받았음을 알았다. 내가 피렌체에서 태어났을 때 쌍자궁이 태양과 함께 떠 있다가 몸을 숨겼다고 들은 바가 있었던 것이다. 내 별자리는 쌍자궁이었던 것이다. 나는 쌍자궁에게 이제 마지막 천국으로 들어가는 험난한 여정을 위해 기운을 달라고 간청했다.

이런 내 마음을 알고 베아트리체가 말했다

"그대는 지금 하느님을 뵙기 직전에 와 있습니다. 그러니 정신을 집중하고 맑고 예리한 눈을 갖추세요."

나는 그녀의 말에 마음의 준비가 끝났다는 결의를 내보였다. 그리고는 마지막 끝에 이르기 전에 지금까지 거쳐 온 일곱 개의 별들을 바라보라고 말했다.

그녀의 말대로 나는 일곱 개의 별 저 멀리에 있는 지구를 바라보았다. 그 모양이 어찌나 작고 하찮게 보이던지 스스로 놀랄 지경이었다. 우주 전체에서 볼 때 지구는 참으로 미미한 존재였던 것이다. 그리고 그 위로 내가 거쳐 온 금성, 수성, 토성, 화성, 목성이 차례로 아름답게 선회하고 있는 것이 보였다.

# 제23곡

## 성모 마리아의 승천

목요일 항성천의 오후, 나는 언제나처럼 그리워하고 사모하는 베아트리체를 바라보고 있었다. 그녀는 무언가를 간절히 기다리는 모습으로 하늘을 우러러 보고 있었다. 그 모습은 마치 새끼를 돌보는 어미 새가 날이 밝기를 기다리는 모습과 흡사했다. 나는 그 모습에 숙연해지면서도 왠지 설레었다. 뭔가 특별한 일이 일어날 것 같은 예감이 들었던 것이다. 잠시 후 하늘이 밝아오자 베아트리체가 내게 하는 말하는 소리를 들었다.

"그대는 잘 보세요. 저기 그리스도가 개선의 무리들과 함께 내려오 고 있잖아요. 마치 그 모습이 전리품을 수레에 가득 싣고 귀환하며 위용을 과시하던 로마군처럼 보이지 않나요? 그대의

눈에도 하느님의 은총으로 구원의 열매를 갖고 오는 그리스도와 그 무리들의 모습이 보이겠지요?"

내가 눈이 부셔 살짝 눈을 찌푸리고 바라보니, 수많은 영혼의 등불이 그리스도를 뒤에서 에워싸고 빛나고 있었다. 살아 있는 실체인 그리스도가 베아트리체를 통해 내게 투영되었는데, 나는 그 빛이 두려워 도저히 감당 할 수가 없었다. 그때 베아트리체가 말했다.

"그대는 두려워할 필요가 없답니다. 저 빛은 이 세상 그 무엇으로도 막을 수가 없는 거룩한 빛이지요. 그리스도는 우리에게 길이자 진리이며 생명 그 자체이지요. 누구든지 그리스도를 통하지 않고는 하느님에게 갈 수가 없답니다. 그대에게도 누누이 얘기했지만, 그리스도는 우리 인류의 조상인 아담과 하와의 원죄를 대속함으로써 우리로 하여금 천국에 이르는 길을 열어놓으신 분이시지요."

나는 베아트리체의 말에도 불구하고 여전히 그리스도의 빛이 너무나 눈부시고 두려워 제대로 눈을 뜨지 못하고 있었다. 마치 정신이 육체에서 이탈한 황홀한 상태에 빠져들었다. 그 사이 그리스도는 내 시력을 회복시켜 주시기 위해 청화천으로 올라갔다.

"그대는 눈을 뜨고 나를 바라보세요. 그대는 이미 내 미소와는 비교도 할 수 없는 예수 그리스도의 영광된 빛을 보았답니다. 그러니 그대는 이제 아무리 강렬한 빛이라도 감당할 수 있는 눈을 갖게 된 것입니다."

나는 그녀의 말을 듣는 순간 꿈에서 깨어난 듯했다. 비로소 베아트리체의 얼굴을 바라보았다. 그녀의 얼굴은 천사의 아름다움으로 더욱 빛나고 있었다. 내가 아홉 뮤즈의 막내인 폴리힘니아[58]와 여러 자매들의 영감을 빌린다 해도 베아트리체의 빛나는 얼굴과 웃음을 노래하기는 불가능할 터였다. 그러므로 천국을 노래하는 거룩한 시는 이성과 논리 밖에 있을 수밖에 없었다.

"그대는 어째서 내 얼굴에만 넋을 잃고 그리스도의 축복 아래 피어오르는 지복의 영혼들을 보지 못하는가요? 어찌 성모 마리아의 빛인 장미와 성스런 사도들의 무리인 백합이 만발한 꽃밭으로 눈길을 주지 못하는가요?"

나는 베아트리체의 질책이 섞인 말을 듣고서야 그리스도의 거룩한 빛에 의해 활짝 피어난 천상의 꽃밭을 볼 수 있었다. 그때 한 천사가 다가오며 노래를 하기 시작했다.

"오오, 그리스도여! 부족한 제 입으로 당신을 찬양합니다. 당신의 빛 아래서 천국의 모습을 바라볼 수 있게 은총을 베풀어 주셨으니 감사의 기도를 올립니다. 저는 비로소 당신의 거룩한

---

58) 시와 웅변을 담당하는 여신.

사도들을 바라볼 수 있게 되었습니다."

천사는 이어 성모 마리아를 곱고 아름다운 장미에 비유해 찬양하며 온 누리에서 가장 아름다운 여인으로 노래했다. 성모 마리아는 지상에서나 여기 천국에서나 가장 거룩한 빛으로 빛나고 있었다. 그때 하늘 한가운데서 횃불 하나가 내려와 성모 마리아의 머리에 왕관을 씌우고 그 주위를 감싸며 맴돌기 시작했다. 그 횃불은 바로 성모 마리아를 찬양했던 가브리엘 대천사였다.

가브리엘 대천사는 다시 한 번 성모 마리아를 찬양했다.

"우리의 소원의 잠자리였던 뱃속에서부터 우리에게 드높은 즐거움을 주신 마리아여, 그리스도의 어머니시여! 당신이 그리스도를 따라 하늘의 맨 꼭대기 청화천으로 올라가시면 더욱 거룩함을 받도록 이 몸은 당신의 주위를 맴돌 것입니다."

가브리엘 대천사의 찬양이 끝나자 일제히 다른 영혼들이 목소리 합쳐 대천사의 찬양을 따라했다.

천국의 아홉 번째 하늘인 원동천은 다른 여덟 하늘을 덮고 있으며 그들에게 힘을 분배하는 역할을 하고 있었다. 그 안쪽은 청화천에서 가장 가까운 자리로 그리스도를 따라 성모 마리아가 승천하는 자리였다. 내가 있는 곳에서 그곳은 아득하게 멀리 있어 잘 보이지 않았다. 내 눈은 아들을 따라 천국에 오르는 성모 마리아의 승천을 따라가기에는 역부족이었다.

수많은 거룩한 영혼들이 마리아의 승천을 뒤따라가며 지상에서 부활절에 부르는 노래 '하늘의 여왕이시여'를 합창했다.

그리고 그때 하느님으로부터 천국의 열쇠를 받았던 베드로가 우리 앞에 나타났다. 그는 신구약 시대의 모든 성도들과 함께 항성천에 머무르며 생전에 세상의 악을 물리쳤던 승리를 자축하며 노래를 부르고 있었다.

## 제24곡

베드로가 내 신앙을 검증하다

베아트리체는 항성천에 있는 축복받은 영혼들에게 내게 신의 샘물을 내려 달라고 부탁했다.

"하느님의 어린 양이신 그리스도여, 지금 제 옆에서 당신의 자식이 미리 잔칫상에 앉아 있으니 이 어인 축복인가요. 그는 지금 천국의 지식에 목말라 하고 있습니다. 부디 당신 자식의 목마름을 해소할 샘물을 내려주옵소서."

그러자 수많은 영혼들이 혜성처럼 꼬리에 빛을 매달고 우리 주위로 몰려들어 맴돌기 시작했다. 축복받은 영혼들은 움직이지 않는 축 위에서 톱니바퀴가 돌아가듯이 동시에 돌아갔다. 어떤 것은 크고, 어떤 것은 작게, 다양한 움직임을 보이며 꼬리에

꼬리를 물고 춤을 추듯이 돌아가고 있었다. 그들은 그렇게 자신들의 풍요로움을 드러냈다.

그때 아주 크고 강렬한 광채를 내뿜는 영혼이 대열에서 빠져나왔다. 나는 그 강렬한 빛에 눈을 뜰 수 없을 정도였다. 그리고 그 빛은 돌연 베아트리체의 주위를 세 바퀴 돌더니 찬양의 노래를 불렀다. 그 찬양이 너무 신성하고 거룩해서 감히 표현할 수 없었다. 나는 그저 보이는 대로 보고 들리는 대로 들을 수밖에 없었다. 마침내 그 영혼이 입을 열었다.

"나의 누이여, 항상 하느님 곁을 지키는 거룩한 그대가 무슨 일로 이곳에 내려왔나요. 그대의 부탁은 뭐요? 내 그대의 마음을 읽고 그대의 간절한 부탁을 듣고자 저 지복의 영혼들로부터 잠시 벗어났다오."

이렇게 말을 마친 영혼은 성 베드로였다. 그는 베아트리체에게 어서 말을 하라는 듯이 시선을 집중시켰다.

"천국의 열쇠를 받은 분이시여, 그 옛날 당신이 주님에 대한 강건한 믿음으로 물 위를 걸으셨던 것처럼 내 곁에 있는 이분의 믿음을 점검해 주십시오. 과연 이분이 바로 믿고, 소망하며, 사랑했는지를 가려주시기 바랍니다."

나는 베아트리체의 말을 들으며 베드로의 심문에 대답할 준비와 각오를 다졌다.

마침내 베드로가 첫 번째 질문을 던졌다.

"그리스도 안에서 한 형제이신 그대여, 그대는 믿음이란 대체 뭐라고 생각하고 있는가?"

나는 질문에 답하기 전에 간단하게 감사의 예를 표하고 대답을 시작했다.

"훌륭하신 기수이자 대리자이신 당신에게 제 믿음을 고백하오니 부디 너그럽게 받아주옵소서. 당신과 함께 로마를 믿음의 반석 위에 올려놓은 사도 바울이 일찍이 말한 바 그대로 '믿음이란 우리가 희망하는 것들의 보증이요, 보이지 않는 사물의 증거'[59]라고 생각합니다."

베드로는 내 대답이 믿음의 본질을 깨닫고 있다고 인정하면서 물었다.

"그렇다면 바울은 이것을 왜 실체와 확증으로 설명했는지 그 이유를 말해 보시오.

"천상의 일들은 지상의 인간들의 눈에는 감추어져 있습니다. 지상에선 그것들의 존재가 믿음 안에 있고, 그 위에 희망이 세워지고, 그래서 믿음의 실체로 인식되는 것입니다. 그러므로 우리는 이 믿음으로부터 직관해야 하는 것이므로 믿음은 그 자체가 확증의 성격을 가질 수밖에 없습니다."

"그럼 그대는 순전한 신앙을 그대 영혼 속에 지니고 있는가?"

---

59) 히브리서 11장 10절

"제 믿음은 불순물이 없는 금화처럼 빛나는 값진 보석 그대로 간직하고 있습니다."

"그대의 값진 보석은 어디서 온 것인가?"

"그것은 하느님의 말씀인 신구약 성경 위에 부어진 성령으로부터 나오는 것입니다."

"그렇다면 그대는 신구약 성경이 어떠한 이유로 하느님의 계시이자 진리라고 믿고 있는가?"

"그것은 성경에 있는 말씀이 기적적으로 증명되었기 때문입니다."

"그대의 말은 일종의 순환논법에 빠져 있는 게 아닌가? 모든 것이 다 성경으로 수렴되고 있으니, 그렇지 않은가?"

"세계가 기독교로 개종한 것 자체가 최대의 기적으로서 이에 비하면 다른 기적은 미미한 것입니다. 이는 성경에 나타난 어떤 기적보다 경이로운 것입니다. 지금은 비록 가시나무가 되었지만 당신을 비롯한 사도들이 좋은 씨를 뿌려 풍성한 포도밭을 가꾸지 않으셨습니까?"

이처럼 교리문답을 하는 듯한 대화가 끝나자 그는 흡족한 듯 웃었다. 나는 부활절 새벽에 당신께서 요한 사도와 함께 예수의 무덤에 들어가 직접 사실을 확인한 믿음을 칭송했다. 그리고 하느님에 대한 내 믿음과 그 원인에 대해 나는 삼위일체의 교리에 근거하여 성서와 아리스토텔레스의 철학을 갖고 설명했다.

그때 천상에서 '저희는 하느님을 찬미합니다!'라는 노랫소리가 들려왔고, 베드로가 내 주위를 세 번 돌고 나서 축복을 해주었다.

# 제25곡

## 야고보의 질문

내가 고향에서 추방을 당해 유랑 생활을 견딜 수 있었던 것은 언젠가는 반드시 귀향할 수 있으리라는 일말의 기대가 있었기 때문이다. 나를 추방한 피렌체의 이리떼들은 지금 자기들 세상인 양 날뛰고 있었다. 그들에게 어린 양들은 먹잇감에 불과할 뿐이었다. 내 유랑 생활은 거친 광야를 헤매는 것과 같았다. 하지만 하느님은 나를 광야의 길 잃은 어린 양으로 내버려두지 않으셨다. 전능하신 하느님께서 나를 돌보아 지금 여기 천국에서 사도 베드로의 축복을 받은 영광까지 누릴 수 있었던 것이다.

내가 이렇게 과거의 회상에 빠져 있는 동안 빛나는 영혼의 불꽃이 나타났다. 불꽃은 역시 베드로가 나왔던 빛의 무리로부터 나왔다. 그 모습을 보고 베아트리체가 다소 흥분한 듯 외쳤다.

"저길 보세요! 성 야고보[60]가 오고 있어요. 사람들이 산티아고를 순례하는 것은 바로 저분의 무덤 때문이지요."

야고보의 영혼은 베드로가 그랬던 것처럼 우리 주위를 둘러싸고 맴돌았다. 내가 볼 때 야고보와 베드로의 만남은 마치 비둘기가 제 짝을 만나는 것처럼 융숭 깊었다.

베아트리체는 내게 지혜가 부족하면 언제든지 하느님께 그것을 구하라고 조언했다. 그리고 야고보를 하느님의 첫 번째 제자라고 찬양하며 순교에 대해서도 칭송의 말을 건넸다. 이어 베아트리체는 하느님께서는 베드로를 믿음의 표상으로, 야고보를 소망의 표상으로, 요한을 사랑의 표상으로 삼고 있다고 상찬하며, 내 소망이 이루어질 수 있도록 해달라고 부탁했다.

베아트리체의 부탁을 받은 야고보는 찬란한 빛을 발하며 말했다.

"그대를 천상에 올라와 지복의 영혼들을 만나게 하신 뜻은 그대가 이곳에서 보고 들은 것을 지상에 있는 사람들에게 설명해 그들로 하여금 소망을 주기 위해서요."

나는 잘 알고 있다고 말했다. 그러자 야고보는 베아트리체가 부탁한 대로 내 무딘 지혜를 깨닫게 하려는 듯이 질문했다.

---

60) 사도 요한의 형제이며 유월절 전에 헤롯 아그리파 1세에게 처형을 당한 인물이었다. 스페인에서 복음을 전했고 순교 후 그의 시신은 기적적으로 산티에고로 옮겨졌다고 전해지고 있다.

"그대는 말해 보시오. 소망이란 무엇이며, 소망이 어떻게 꽃이 피었는지를, 그리고 그 소망이 어디서 나왔는지를 말해 보시오."

야고보의 질문이 끝나자 베아트리체가 두 번째 질문에 대해 대신 대답했다.

"거룩하고 복된 영혼이시여, 하느님의 거울을 통해 이분을 비추어 보십시오. 그럼 알게 될 것입니다. 그는 누구보다도 굳건한 소망을 가진 하느님의 자식이라는 것을. 부디 은총을 베풀어 그에게 깨달음을 주시기 바랍니다."

베아트리체는 이렇게 말하고 나서 야고보의 나머지 두 가지 물음에 대해 나에게 대답하라고 일러주었다. 나는 먼저 우리 주 예수 그리스도의 이름으로 기도를 올리고 나서 소망이란 '미래의 영광에 대한 기대이고, 희망을 낳는 것은 은총과 공덕'이라고 대답했다. 아울러 그 소망은 다윗의 시와 야고보서에서 배웠다고 대답했다.

내가 말을 마치자 천상에서 노랫소리가 들려왔다. 노래가 끝나자 휘황한 광채를 내뿜는 한 영혼이 두 사도가 있는 곳으로 다가왔다. 이어 세 불꽃의 영혼은 한데 어울려 춤을 추었다. 베아트리체는 새색시마냥 세 영혼의 원무를 다소곳이 바라보았다. 그러고는 나에게 우리에게 새로 온 영혼은 야고보의 아우 요한이라고 일러주었다. 이렇게 믿음, 소망, 사랑을 상징하는 사도가 함께 모여 춤을 추는 모습은 내게 경이로움을 불러일으켰다. 베아트리체가 말했다.

"가슴에서 피를 흘려 새끼를 먹여 살리고 자기 목숨을 버린 새가 전설의 새 펠리컨이지요. 그래서 흔히 그리스도를 상징하고 있는 새라고 불리고 있답니다. 그리스도 역시 십자가에서 피를 흘려 우리로 하여금 영적인 죽음에서 벗어나게 했지요. 그건 곧 인류의 구원이기도 합니다. 성 요한은 펠리컨인 그리스도의 가슴에 기대었던 사람이랍니다. 아울러 저 세 영혼은 그리스도가 최후의 만찬을 베푸실 때 그 옆 자리에 앉아 있었던 분들이기도 하지요."

요한은 열두 제자 중의 한 사람이었다. 그는 예수님의 사랑과 신임을 받았고, 예수님의 말씀을 후세에 전한 사도였다. 세간에서는 그가 영혼과 육체가 함께 승천했다고 믿고 있었다. 나 역시 그게 몹시 궁금했다. 내가 빛나는 영혼의 불꽃 속에서 요한의 육신을 보려고 했을 때 요한의 목소리가 들려왔다.

"그대는 분명하게 알아두기 바라오. 천국에서 영혼과 육체를 가진 분은 그리스도와 성모 마리아 두 분밖에는 없다오. 그대는 이 사실을 지상의 사람들에게 분명하게 전해 주어야 할 것이오."

한데 어울려 원무를 추던 영혼들이 요한이 말하는 사이 움직임을 멈추었다. 마치 뱃사람들이 잠깐 쉬기 위해 노 젓기를 멈춘 것처럼 일순 정적이 찾아왔다. 나는 돌연 불안을 느끼고 옆에 있는 베아트리체를 바라보았으나 눈이 어두워져 볼 수 없었다.

## 제26곡

요한의 질문과 아담과의 만남

나는 지상에서의 욕심을 버리지 못하고 교만하게 성 요한의 영혼이 내뿜는 광체를 뚫고 그의 육신을 보려고 했다가 눈이 멀어버렸다. 내가 암흑 속에서 손을 내저으며 더듬거릴 때 한 목소리가 들려왔다. 바로 요한의 목소리였다.

"그대는 걱정하지 마시오. 잠시 나로 인해 시력을 상실한 것이니 걱정할 필요는 없소이다. 시력을 회복할 때까지 나와 사랑에 대하여 얘기하는 것은 그대에 대한 보상이 될 거요."

나를 안심시키는 말이었으니 정작 나를 지켜주는 베아트리체가 보이지 않았다. 요한에게 나는 베아트리체의 행방을 물었다.

"베아트리체의 일은 걱정하지 않아도 되오. 그대의 시력은 그녀의 의지에 따라 회복될 것이오. 그녀에게는 아나니아[61]의 손과 같은 능력이 있소이다."

나는 비로소 요한의 말을 듣고 마음의 안정을 찾았다. 이윽고 요한은 나의 영혼이 향하는 곳이 어디인지를 물었다. 나는 즉각 내 영혼은 하느님의 사랑과 하나가 되는 곳으로 가고 있다고 말했다. 그러자 요한은 하느님의 진정한 본래의 사랑에 대해 물었다.

"하느님은 사랑을 가르치는 알파와 오메가[62]이시지요. 그것은 이미 당신께서 성경 첫 구절에 기록해 놓으셨던 것이 아닙니까. 내 안에 하느님의 사랑이 머물 게 된 것은 성경과 교회의 가르침이었지요. 나는 사랑의 대상을 선이라고 보았습니다. 하느님의 사랑도 마찬가지입니다. 하느님의 사랑 밖에 있는 선은 선이 아닙니다."

이러한 사실은 철학적 논증을 통해서도 드러나는 것인데, 아리스토텔레스의 제1원인으로 신의 존재를 증명하는 데 사용했던 것이다. 나에게 실체로서의 사랑을 가르쳐 준 사람은 아리스토텔레스였다. 물론 요한을 통해서도 나는 하느님의 진리에 대해 많은 깨달음을 얻었다. 나는 그 점에서 요한에게 고개 숙여

---

61) 예수를 만나 잠시 멀었던 바울의 눈을 고쳐준 사람.
62) 알파는 그리스어 알파벳의 첫 글자, 오메가는 끝 글자로 이 말은 모든 것, 전부를 뜻한다.

감사했다.

요한은 내 얘기를 듣고 만족한 것 같았다. 요한은 그 밖에도 내 영혼이 하느님께 향하고 있는 다른 이유가 있는지를 물었다. 나는 예수님의 죽음과 부활을 통해 영생의 길을 알게 되었고 하느님의 완전한 사랑을 알게 되었다고 말했다.

내가 말을 마치자 하늘에 노랫소리가 울려 퍼졌다. 마치 내 말에 '아멘!' 하고 화답을 해주는 형국이었다. 베아트리체도 이를 어여삐 여겨 '거룩하도다, 거룩하도다, 거룩하도다!'를 세 번 외쳤다. 그리고 멀리 비치는 눈빛으로 내 눈에서 온갖 티끌을 씻어주었다. 그러자 내 눈은 전보다 훨씬 더 밝아지며 잘 보이는 것 같았다. 내가 시력을 회복하고 처음 본 것은 어느새 우리 앞에 와 있는 빛나는 영혼이었다.

다시 베아트리체가 말했다.

"저 눈부신 빛 속에는 인류의 조상 아담이 있답니다. 그는 하느님이 콧김을 불어넣어 생명을 주셨던 분이지요. 지금은 자신을 창조한 하느님을 항상 우러르고 있답니다."

그러니까 나는 지금 인류 최초의 조상과 대면하고 있는 중이었다. 나는 그 순간 여러 가지 의문이 생겨 질문을 하고 싶은 강렬한 충동에 휩싸였다. 나는 아담에게 부디 내 의문을 해소시켜 달라고 간절하게 호소했다.

그러자 인류 최초의 사람 아담의 목소리가 흘러나왔다.

"그대가 굳이 말하지 않더라도 나는 그대의 의문을 모두 다 알고 있소이다. 그건 바로 하느님의 거울이 있기 때문이지요. 이 거울은 세상 만물을 비추고 있지만 어떤 피조물도 스스로는 그 거울에 자신을 비출 수는 없습니다. 그대의 의문은 내가 얼마 동안 지상낙원에 머물렀으며 이후 하느님의 구원을 받기까지 얼마나 오랜 세월을 보냈는지, 그리고 하느님께서 분노한 이유와 내가 최초로 사용했던 언어가 무엇인가, 하는 점이겠지요."

아담은 정확하게 내 의중을 꿰뚫고 있었다. 그는 계속해서 내 의문을 해소해 주기 위해 작정한 듯 말을 이었다.

"그대는 내가 에덴동산에서 금단의 열매를 따먹었기 때문에 낙원에서 추방되었다고 알고 있소. 그렇다면 그건 잘못된 것이오. 내가 추방된 것은 사실 하느님이 인간에게 준 고귀한 선물인 자유의지를 남용했기 때문이오. 내 교만이었지요. 전능하신 하느님의 권위에 감히 버금가고자 하는 교만이 크나큰 죄를 불러왔던 것이오. 그리고 그 때문에 여기 천국에 오기까지 수많은 세월이 필요했던 것이오."

아담은 지상에서 930년, 지옥의 림보에서 머문 4302년을 합하여 5232살이 된다. 이것이 림보에서 그리스도를 만날 때까지의 나이였다. 아울러 아담이 에덴동산에서 썼던 언어는 함의 자손인 니므롯 족속들이 바벨탑을 쌓기 훨씬 이전에 사라져 버렸다고 말했다. 또한 언어는 이성의 산물이며 세월이 흘러감에 따라

변하는데 하느님을 한때는 '엘로힘'이라고 하더니 훗날엔 '야훼'라
고 부른 것이 그러한 예라고 일러주었다. 마지막으로 아담은 죄
짓지 않은 순결한 몸으로 낙원에서 머문 시간은 일곱 시간이었
다고 말했다.

# 제27곡

## 베드로의 분노와 원동천

천상에서 삼위일체이신 하느님을 찬양하는 영광의 노랫소리
가 울려 퍼지고 있었다. 나는 그 아름답고 거룩한 화음에 빠져
들었고 우주의 미소를 보는 듯했다.

"하늘의 모든 영광이 성부와 성자와 성령께 있을진저!"

천상의 축복받은 영혼들이 신성한 잔치를 벌이며 하느님께 영
광을 돌리는 노랫소리는 나로 하여금 과연 이곳이 천국임을 실
감케 했다. 풍요로운 축복받은 영혼들이었다.

내 앞에는 베드로, 요한, 야고보, 그리고 아담의 영혼이 강렬
한 빛을 발산하며 타오르고 있었다. 그중 베드로의 영혼이 붉은
빛을 띠며 가장 강렬하게 타올랐다. 그 순간 찬양의 노랫소리가

멈췄다. 하느님의 섭리가 작용했던 것이다. 그리고 베드로의 목소리가 흘러나왔다.

"내 얼굴색이 변했다고 해서 놀라지 마시오. 여기 있는 거룩한 영혼들도 내가 말하는 동안 얼굴색이 변하게 될 것이오."

이어 베드로는 자신의 후계자들과 교회를 신랄하게 책망하기 시작했다.

"하느님이 주신 내 자리는 비어 있지요. 지상에 교황이 있으나 이미 그 자리를 더럽혔으니 하느님이 보시기에는 비어 있는 것과 같은 것이지요. 그들은 내 분묘를 더럽히고 악취가 진동하는 시궁창으로 만들어버렸소. 그들은 하느님의 성소를 도둑의 소굴로 만들어버린 예루살렘의 성전처럼 타락하고 부패했소. 하느님의 어린 백성들이 그로 인해 고통을 받고 있으니 이 얼마나 통탄할 일이 아니겠소. 지옥에 떨어진 루시퍼가 그 모습을 보고 웃고 있다는 사실을 알고나 있는지 모르겠소."

베드로의 분노와 탄식이 끝나자 나는 무거운 마음으로 하늘을 바라보았다. 내 마음과는 달리 천상의 하늘은 붉은 빛깔로 곱게 물든 구름들로 신비한 비경을 보여주고 있었다. 어디서나 우리 마음과는 다르게 하느님의 역사는 이렇듯 우리의 예상을 벗어나서 때로는 전혀 알 수 없는 풍경을 보여주는 것인지도 모르겠다.

베아트리체를 비롯한 모든 영혼들의 얼굴도 구름처럼 다 붉은

색깔로 변해 있었다. 베드로의 말 그대로였다. 그것은 또한 예수님이 골고다 언덕에서 돌아가신 후 온 천지가 캄캄한 어둠으로 뒤덮였던 일식의 풍경과 같았다.

그때 다시 베드로의 격정적인 목소리가 들렸다.

"교회는 순교의 피로 이어졌다오. 내 첫 번째 후계자 리누스는 사투르니우스에 의해 처형되었지요. 두 번째 후계자 클레투스 역시 순교의 피를 뿌렸답니다. 이렇게 피로 이어진 교회는 결코 황금을 쌓아두는 곳이 아니란 말이외다."

베드로의 음성은 점잖았지만 그 속에는 엄중한 분노와 질책을 담고 있었다.

"그 뒤로도 순교는 이어졌지요. 식스투스, 피우스, 칼릭스투스, 우르바누스 등 네 교황도 순교의 피를 뿌렸지요. 그들은 죽는 순간까지 하느님의 은총으로 충만했습니다."

베드로와 사도들의 뜻은 교황파와 황제파로 나뉘는 것이 아니었다. 베드로에 맡겨진 열쇠는 싸움의 깃발에 문장을 새기기 위한 것도 아니었다. 장사나 거짓의 특전이 되기 위한 옥새도 아니었다. 예수님은 이미 이러한 사실을 예견하시고 거짓 예언자를 조심하라고 했다. 그들은 양의 가죽을 쓰고 나타나지만, 속에는 사나운 이리가 들어 있다는 경고였던 것이다. 현재 교황 요하네스 22세[63]는 자리에 앉자마자 죄악만 키워가고 있고, 전임 교황 클레멘스 5세는 교황청을 아비뇽으로 옮긴 장본인이었다. 그는 순교자들이 피를 뿌려 지켜온 교회를 사유화하고 추악한 악의 소굴로 만들어버렸다.

베드로는 깊은 한숨을 내쉬며 한탄했다.

"그러나 걱정만 할 일은 아니지요. 스키피오[64]가 로마제국의 영광을 세계에 드높였듯이 하느님의 섭리가 교회를 구할 것이기 때문이지요."

베드로는 이렇게 말하면서 내게 천상에서 보고 들은 것을 세상에 알리라고 명령했다.

나는 봄이 되어 얼어붙었던 땅에서 아지랑이가 피어오르듯이 지금까지 우리와 함께 했던 영혼들이 천상으로 올라가는 것을 바라보았다. 그들의 뒷모습을 열심히 좇았으나 소실점처럼 멀어지는 그 모습을 더 이상 좇을 수가 없었다. 그때 베아트리체는 말했다.

"저 아래를 보세요. 그대가 지금까지 거쳐 온 하늘들과 지구를 내려다보세요."

나는 그녀의 말에 따라 눈을 돌려 아래쪽을 바라보았다. 가장 먼저 시야에 들어온 것은 적도의 바로 북쪽 북반구와 갠지스 강, 중앙의 예루살렘, 그리고 오디세우스가 질주했던 지브롤터 해협

---

63) 프랑스 카오르 출신 교황.
64) 카르타고의 한니발을 무찔렀던 장군.

의 뱃길도 보였다.

그러나 곧 나는 시선을 거두어 베아트리체를 바라보았다. 내 애타는 마음은 언제나 베아트리체를 향해 있었다. 그녀를 바라보게 하는 사랑의 힘이 그 순간 부지불식간에 나를 쌍자궁에서 아홉 번째 하늘인 원동천으로 올려놓았다.

베아트리체는 원동천의 기능을 설명해 주었다. 그녀에 따르면, 원동천이 여덟 하늘을 뒤덮고 있으며, 그 자체의 예지로 천체의 엔진 역할을 하고 있다고 일러주었다. 아울러 하느님이 있는 청화천은 빛과 사랑으로 원동천을 감싸고 있으며, 원동천은 모든 하늘을 움직이는 엔진으로 다른 여덟 하늘에게 힘을 배분한다고 했다. 그러니까 원동천은 하느님이 직접 움직이고 여러 하늘의 운행도 여기서 비롯된다는 것이었다.

베아트리체는 마지막으로 인간의 탐욕과 지상의 무질서를 책망했다. 그리고 어린이들의 믿음과 순진성을 칭송하면서 조만간 거대한 폭풍이 몰아쳐 지상의 악을 쓸어버리고, 그다음에 제대로 된 지도자가 나타나 세상 사람들을 하느님의 바른 길로 인도하게 될 것이라고 예언했다.

# 제28곡

## 천사들의 품계

아홉 번째 하늘인 원동천에는 하느님과 천사들이 살고 있었다. 나는 베아트리체가 지상의 인간들의 탐욕과 무질서를 비판하며 말을 마치자 그녀의 눈에 비친 아주 맑은 빛을 보고 하늘로 시선을 옮겼다. 그것은 바로 하느님의 빛이었다. 그 원점 둘레를 햇무리처럼 둘러싸고 천사들의 아홉 개의 불 바퀴가 돌고 있었다. 하나의 불 바퀴가 원동천의 둘레보다 더 빠른 속도로 돌고 있었고, 이 불 바퀴는 여덟 개의 다른 바퀴들에 감싸여 있었다. 그런데 원점에서 먼 바퀴일수록 점차 속도가 느려지고 있었다.

그 모습은 말로 표현할 수 없는 장관이었는데, 무지개의 여신인 이리스의 솜씨도 이에 미치지 못했다. 중앙 원점을 이루는 하

느님의 빛과 가까이 있을수록 천사들의 품계가 높아지고 거기서 멀수록 낮아졌다.

나는 아홉 개의 별이 지금 눈앞에 보이는 불의 바퀴와 서로 어긋나고 있는 것은 아닌지 의문이 들었다. 다시 말해서 천사들과 하늘의 서열이 반대되는 것에 의문이 생긴 것이다.

베아트리체가 내 의문을 읽고는 말했다.

"그대가 보는 별의 둘레의 크기로 판단을 해서는 안 되고 그 별들을 지배하는 천사들의 힘에 의해 판단을 해야 한답니다. 하느님께 가장 가까이 있는 세라핌 천사가 지구에서 가장 먼 원동천을 지배하고 있으므로, 세라핌 천사가 원동천과 상응하는 것이 그대에게 거꾸로 보였을 뿐이지요. 천사들의 품계에 따라 각각의 하늘을 지배하고 하느님과 가깝고 먼 정도에 따라 정확히 상응하고 있음을 알 수 있을 거예요."

베아트리체의 말을 듣고 보니 비로소 이해가 되었고, 내 머리는 다시금 맑아지는 기분이었다. 그녀의 논리적이고 정연한 설명은 진리를 하늘의 별처럼 확연하게 드러냈다. 베아트리체가 말을 마치자 하느님을 둘러싼 아홉 바퀴가 작열하는 쇳덩이처럼 빛을 발산하며 돌아가고 있었다.

하느님의 의지에 따라 아홉 천사들과 그들이 다스리는 하늘이 한 점의 오차도 없이 정확히 상응하며 돌아가고 있는 것이다. 잠시 후 원동천의 모든 영혼들이 하느님을 향하여 '호산나!'를 외치며 합창을 하고 있었다. 천사들의 합창은 세 무리들로 구성되어 있었다.

베아트리체는 세 합창대로 나뉘어 있는 천사들의 서열과 그들의 기능을 설명해 주었다.

"아홉 천사들은 세 갈래로 나뉘어 있답니다. 하느님과 가장 가까운 1등급 천사는 세라핌과 케루빔과 트로니 천사랍니다. 이들은 각각 치품(熾品)천사, 지품(智品)천사, 좌품(座品)천사로도 불리며, 각각 원동천과 항성천과 토성천을 맡아 다스리고 있지요."

베아트리체는 이렇게 1등급 천사들의 이름과 그 역할을 일목요연하게 정리해 주었다.

"그다음 천사는 2등급 천사들인데, 이들은 1등급 천사 바로 아래에 위치하고 있답니다. 도미나티오는 주품(主品)천사로 목성천을 맡아 다스리고, 비르투테스는 역품(力品)천사로 화성천을 맡아 다스리며, 포테스타테스는 능품(能品)천사로 태양천을 맡아 다스리고 있지요. 호산나를 합창하던 천사들이 바로 이 2등급 천사들인데, 이들이 세 가지 선율로 하느님을 찬양하는 노래를 부르고 있지요."

이어 베아트리체는 지금은 우리와 가장 멀리 떨어져 있는 3등급 천사들에 대한 설명으로 이어졌다.

"마지막 3등급 천사 프린키파투스는 권품(權品)천사로 금성천을 맡아 다스리고, 아르칸겔루스는 대(大)천사로 수성천을 맡아 다스리고 있지요. 마지막으로 우리와 가장 멀리 있지만 지구와는 가장 가까운 월광천을 맡아 다스리는 천사 안젤루스가 있답니다. 이들 천사들 역시 청화천에 있는 하느님을 우러러 보고 있지요."

베아트리체가 알려준 천사들의 품계 분류는 디오니시우스가 발견한 것을 그대로 따르고 있었다.

여기서 나는 베아트리체에게 수도자 출신의 교황 그레고리우스 1세가 9품 천사론에 이의를 제기했던 사실을 상기시켰다. 그는 자신을 하느님의 종으로 자처했던 인물이다. 무슨 이유가 있었는지는 모르지만 그는 천사들의 품계 중에 일곱 번째 권품천사를 다섯 번째 역품천사의 자리에 두었고, 역품천사는 일곱 번째 권품천사의 자리에 두었던 것이다. 일설에 따르면, 교황이 어느 무명인의 말을 듣고 그렇게 천사들의 품계를 바꾸어 놓았다고 전해지고 있다.

베아트리체는 이 같은 일은 지상에 있는 인간들이 무지몽매하기 때문이라고 한마디로 잘라 말했다. 그녀는 나중에 그레고리우스가 천국에 와서 눈이 번쩍 뜨였을 때 쓴웃음을 지었다는 사실도 알려주었다. 결국 디오니시우스가 옳았고 그레고리우스 1세가 틀렸던 것이다. 그것은 디오니시우스가 바울에게서 바른 진리를 들었기 때문이다.

# 제29곡

## 베아트리체가 천사를 말하다

베아트리체는 천사들의 품계에 대한 말을 마치고 말없이 천사들에 둘러싸인 하느님의 원점을 바라보며 침묵했다. 그리고 잠시 후 입을 열었다.

"그대가 말을 하지 않아도 나는 그대의 마음속에 있는 의문을 알고 있답니다. 언제 어디서나 하느님은 모든 것을 둘러보시고 있기 때문에 그대의 소망을 알 수가 있지요."

나는 어서 내 소망을 이루어 달라고 간청했다.

"하느님께서 천지를 창조하신 것은 우리 인간들에 대한 끝없는 연민과 사랑 때문입니다. 당신께서는 이 세상 만물에 자신의 존재성을 부여했지요. 하느님의 창조는 필연적인 결과가 아니에요. 다만 영원한 사랑으로 자신의 피조물을 창조하셨고, 우리 피조물은 하느님의 사랑을 어머니의 젖처럼 먹고 살 수밖에 없는 존재이지요."

나는 그녀의 말에 고개를 끄덕이며 창세기의 "땅이 혼돈하고 고요하며 흑암이 깊음 위에 있고 하느님의 신은 수면에 운행하시니라."는 말씀을 떠올렸다. 하느님이 이 세상을 창조하기 전의 풍경을 보여주고 있는 말씀 그대로 하느님은 창조 이전에도 쉬지 않고 있었던 것이다. 베아트리체가 말을 이었다.

"하느님은 완전체이십니다. 당신께서는 그 무엇으로도 움직여지지 않으며 오직 스스로만 움직이는 분이시지요. 하느님은 영혼을 뛰어넘는 유일무이한 고귀한 존재이지요. 삼위일체로부터 본질을 구성하는 완전한 존재가 나타나는 것입니다. 여기서부터 세 피조물이 형상과 물질과 그 혼합물이 현현하는 것이지요. 시공을 초월해 계시는 하느님께서는 순수 형상인 천사, 제천, 그리고 인간을 창조하시고 천체의 질서를 창조하셨던 것입니다. 하느님이 창조한 이 세 피조물은 처음과 마지막의 구별 없이 모두 동시에 창조되었지요."

"아니, 그렇다면 그 세 피조물 사이에 우선순위도 없다는 말인가요? 제롬에 따르면, 천사들은 다른 피조물보다 훨씬 전에 창조되었다고 주장했던 것으로 아는데요."

"성경을 잘 기억해 보세요. 창세기를 보면 내 말이 맞는다는

것을 알 수 있을 테니까요. 일찍이 위대했던 신학자 토마스 아퀴나스는 성경을 인용해 제롬의 주장을 반박한 바가 있습니다. 그렇지 않더라도 그대의 의문은 성경의 말씀은 차치하고 자연의 논리에도 어긋나는 것입니다. 그대의 말대로라면 하늘을 움직이는 천사가 하늘도 없이 창조되었다는 논리적 모순에 처하게 되지요."

나는 베아트리체의 논박을 받고서야 비로소 명백하게 하느님의 섭리를 깨달았다. 그와 동시에 어떻게 창조되었는지, 그리고 어디에 위치하고 있는지 궁금해졌다.

"천사들의 창조는 청화천에서 시간을 창조하기 전에 하느님의 순수한 사랑의 행위로 말미암은 것이랍니다. 일부 천사들은 하느님을 배반하고 거역하며 타락한 경우도 있지요. 그것은 일부 천사들의 교만 때문이었지요. 선한 천사들은 언제 어디서나 하느님으로부터 눈을 떼지 않고 있답니다. 물론 지금 이 천상에 그런 천사는 없지요. 그들은 이미 하느님을 거역하는 순간 네 개의 원소(땅, 물, 불, 바람)로 분해되어 땅으로 떨어져버렸답니다."

나는 베아트리체에게 지옥에서 만났던 마왕 루시퍼를 떠올리며 감히 어떻게 반역을 할 수 있었는지 물었다. 이에 대해 그녀는 하느님이 피조물에게 은총의 선물로 주신 자유의지를 절제하지 못하고, 교만하여 남용했기 때문이라고 일러주었다. 아울러 그녀는 천사는 인식하거나 기억하거나 욕망하지 않는다고 말했다. 왜

냐하면 그들은 모든 것을 하느님을 통해 보기 때문이라고 덧붙이면서, 그렇게 보면 과거나 미래까지 볼 수 있기 때문에 굳이 인식하거나 기억할 필요가 없다는 것이었다.

베아트리체는 지상에서 잘못된 가르침 때문에 천사들의 다른 성질에 대해서는 많은 혼란이 있다고 말했다. 아울러 천사 얘기의 주제에 벗어나서 그녀는 지상에서 잘못된 성경의 학설과 잘못을 가르치는 설교자들을 꾸짖었다.

"어떤 엉터리 설교자들이 이런 말을 하고 있지요. 그들은 예수 그리스도가 십자가에서 수난을 당하실 때 갑자기 캄캄해진 것은 때마침 일식 현상이 일어났기 때문이라고 말이지요. 제법 똑똑한 척하는 이런 엉터리 설교자들이 도처에서 횡행하고 있으니 통탄할 일이지요. 하지만 그것은 일식 현상이 아니라 태양이 스스로 그 빛을 거둬들인 것입니다. 이런 탐욕의 설교자들이 거짓으로 세상을 어지럽히고 자신들의 배를 살찌웠던 것이지요."

예수 그리스도는 사도들에게 복음을 전하라고 했지 만담을 전하라고 하지 않았다. 절대로 세상에 나가 허튼 소리를 퍼뜨리고 하느님을 팔아 금화로 제 뱃속을 채우라고 하지 않았다. 그래서 사도들은 허름한 옷을 입고 거친 음식을 먹으며 하느님의 말씀의 씨앗을 퍼뜨렸던 것이다. 그러나 요즘 성직자들의 행태는 그야말로 목불인견의 사태를 보여주고 있다. 거짓 사면령을 내

세워 백성들의 돈으로 배를 불리고 있었다.

베아트리체는 이렇게 지상의 교회에서 벌어지고 있는 타락과 부패를 질타하고 나서 다시 천사 얘기로 돌아왔다. 그녀는 천사들은 무수하게 많다고 했다. 얼마나 많은지 인간의 관념으로는 도저히 헤아릴 수가 없을 정도지만 하느님께서는 그 많은 천사들에게 공평하게 광명의 빛을 비춰주고 있다고 말했다. 그들은 하느님을 비추는 거울로서 지구와 청화천 사이에 존재한다고 덧붙이며 말을 맺었다.

## 제30곡

청화천의 장미화원

새벽의 여명이 밝아오자 천상에서 빛나던 별들이 그 빛을 잃어버리고 시들고 있었다. 그와 동시에 아홉 천사들이 중심 원점을 이루는 찬란한 빛에서 점차 벗어나더니 시야에서 사라졌다. 나는 아무것도 볼 수 없게 되자 베아트리체를 바라보았다.

베아트리체의 아름다움이 절정에 달하여 내 어쭙잖은 재주로는 그 모습을 표현할 길이 없었다. 그것은 인간의 한계를 초월한 아름다움이었다. 그녀의 아름다움을 제대로 볼 수 있고 표현할 수 있는 분은 오직 하느님뿐이 없을 것이다. 나는 내 언어와 시적 재능에 절망하고 탄식했다. 그때 베아트리체가 입을 열었다.

"우린 지금 원동천 위에 있는 순수한 빛만으로 이루어진 엠피레오, 곧 청화천에 와 있답니다. 하느님의 빛과 사랑만이 넘치는 곳이며, 시공간이 따로 없는 곳이기도 하지요. 여기 지복의 빛은 사랑이 가득한 지성적인 빛이 그 하나요, 기쁨이 가득하고 진실하며 선한 사랑이 그 둘이요, 일체의 감각을 초월하는 기쁨이 그 셋이랍니다."

나는 그녀의 말을 듣고 나도 모르게 하느님의 영광을 찬양하는 기도를 드렸다. 베아트리체가 미소를 지으며 말을 이었다.

"그대는 이제 이곳에서 천국의 군대를 보게 될 것입니다. 그하나는 지옥의 마왕 루시퍼와 싸운 선한 천사들이지요. 이 천사들은 하느님을 바라보는 것만으로도 행복을 느끼고 있습니다. 그리고 다른 하나는 세속의 악마들과 싸워 물리친 지복자의 영혼의 군대입니다. 그들은 최후의 심판 때 갖게 될 육신의 옷을 입은 상태 그대로 나타나게 될 것입니다. 그들을 가려주는 빛이 없기 때문이지요."

그리고 그녀의 말이 끝나는 것과 더불어 나는 강렬한 빛의 면사포로 감싸여 시력을 잃어버렸다. 그것은 내 시력을 단련시켜주기 위한 하느님의 배려였다. 곧이어 내 몸에 문득 활력이 솟아나고 시력이 회복되었다. 어떤 강렬한 빛도 감당할 수 있게 된 것이다.

내가 시력을 회복하고 본 첫 풍경은 눈앞에 펼쳐진 장엄한 빛의 강물이었다. 강에서 현란하게 반짝이며 흘러내리는 빛의 무리가 보였고, 그 빛 속에서 불꽃을 일으키고 있던 천사들이 지복의 영혼들 속으로 떨어졌다. 그 모습이 찬란한 불꽃놀이를 보는 것과 같았다. 지복의 영혼들 속에 떨어져 파묻히는 경우가 있는가 하면 다시 뛰어오르는 천사들도 있었는데, 그 모습은 물고기가 폭포를 타고 오르는 것처럼 빛의 폭포를 연출하고 있었다.

"그대가 보고 있는 것은 사실 실체의 그림자에 지나지 않는 것이랍니다. 그것은 그대의 시력이 아직은 빛 속에 감싸인 실체를 보기에는 충분하지 않다는 것이기도 하지요. 그대는 시력이 더욱 강해졌다고 생각하겠지만, 그대의 시력은 더 강해져야 합니다. 그 어떤 강렬한 빛도 감당할 수 있도록 시력을 단련시켜야 합니다. 그대의 눈을 빛의 강물 위에 고정시키세요. 그리고 눈으로 그 빛을 마시도록 하세요."

나는 그 말을 듣자마자 몸을 구부려 눈으로 빛의 강물을 들이마셨다. 빛의 세례식이었던 셈이었다. 그러자 조금 전까지 길게 보이던 강물이 둥글게 보이는 것이었다. 이제까지와는 전혀 차원이 다른 개안이었다. 마치 얼굴에 가면을 쓰고 보던 사람이 그 가면을 벗고 세상을 보는 듯한 기분이었다. 따라서 형체를 알아볼 수 없던 사물들이 비로소 내 눈앞에서 실체로서 그 모습을 똑똑하게 볼 수 있게 되었다. 내 눈에 천사와 지복자들이 잔치를 벌이는 모습과 천상의 두 궁궐이 보였다.

그때 나도 모르게 내 입에서 하느님에 대한 찬양이 흘러나왔다.

"오, 하느님의 빛이시여! 당신의 빛을 받고 지복의 영혼들과 궁궐을 보았으니, 나로 하여금 내가 지금 본 것을 그대로 말하게 허락해 주옵소서."

나는 기쁨에 겨워 하느님을 찬양하고 천상의 그 아름다운 모습에 감동하여 하느님께 간청했던 것이다. 이제 나는 천상의 어느 빛도 그 실체를 볼 수 있었다. 내 눈에는 저 위쪽에서 하느님을 비추는 빛이 보였다. 빛은 둥글게 뻗어 있었고, 그 바퀴 둘레는 태양의 둘레보다 더 크게 퍼져 있었다.

이어 내 눈에는 수많은 지복의 영혼들로 이루어진 빛의 무리가 장미 화원으로 변하는 것이 보였다. 그때 베아트리체나 나를 장미화원 한가운데로 인도하더니 말했다.

"그대는 잘 보세요. 종려나무 나뭇가지를 들고 하느님의 옥좌와 어린 양 옆에 서 있는 복된 영혼들의 면면을 보세요. 이제 이 천국 화원의 자리는 거의 차 가고 있지요. 빈자리가 얼마 없지요. 그나마 지금 지상은 타락하고 부패하여 이곳에 올 수 있는 사람 또한 적기는 하지만 말이지요. 그리고 저 자리는 하인리히 7세[65]가 앉을 자리랍니다. 그가 로마의 황제가 되어 질서를 바로잡고 이탈리아는 평화를 되찾게 될 것입니다. 지긋지긋했던 교권과 황권의 불화와 대립도 끝나고 화해를 하게 될 것입니다. 그

---

65) 1308년 로마제국의 황제가 되지만, 1313년 이탈리아 원정 중에 사망한다.

럼 그대도 살아 있는 동안 평화롭던 피렌체의 원래 모습을 볼
수 있게 되겠지요."

나는 그녀의 말에 환호했다.

베아트리체는 마지막으로 하인리히의 뒤를 이어 황제가 될 클
레멘스 5세의 비운의 말로를 예언하며, 그는 결국 지옥의 여덟
번째 구덩이에 거꾸로 처박힐 것이라고 말했다.

# 제31곡

### 새로운 안내자 베르나르두스

나는 천국의 최고천인 청화천에서 빛과 불꽃과 꽃으로 어우러진 아름다운 세계를 보고 있었다. 그리스도의 신부는 교회이며 동시에 지복의 영혼들로 표상되는데, 이들이 천국에서 하얀 장미의 화원을 이루고 있었다. 그리고 나는 장미화원의 꽃잎 속을 드나들며 벌집에 꿀을 퍼 나르는 꿀벌들처럼 날아다니는 천사들의 모습을 보며 놀랐다.

천사들은 교회 성도들 사이로 하느님의 사랑과 평화를 퍼 나르고 있었다. 그러나 이 많은 무리들도 나로 하여금 하느님의 시야나 찬란한 빛을 막을 수는 없었다. 나는 온몸으로 전율하며 경이로움과 환희에 사로잡혔다. 그것은 마치 북방의 이민족들이

로마를 침략했을 때 로마의 위용을 보고 놀랐던 것과 같았으며, 내가 느끼는 천국의 기쁨은 우여곡절 끝에 마지막 목적지에 도착한 순례자들이 느끼는 기쁨과 같았다.

나는 순례자가 성전의 아름다움을 보고 놀라듯이 환희와 기쁨에 휩싸여 어리둥절할 뿐이었다. 순례자처럼 여행의 피로도 잊어버린 채 빛 가운데로 걸어갔다. 그 속에서 나는 광대한 천국의 장엄하고 아름다운 풍경을 일별하며 경이로움과 강한 호기심을 느꼈다. 그래서 지금까지 그랬던 것처럼 무의식적으로 베아트리체를 돌아다보았다. 아, 그러나 당연히 거기 있을 줄 알았던 그녀는 거기 없었다. 내가 심한 낭패감을 느끼고 있을 때 내 시야에 지복의 영혼들처럼 흰 옷을 입은 한 노인이 나타났다.

나는 망설이지 않고 노인에게 물었다.

"베아트리체는 어디에 있는지요?"

노인은 마치 내 질문을 예상하고 있었다는 듯이 자애로운 목소리로 말했다.

"그대의 소망을 들어주기 위해 베아트리체가 나를 이곳으로 오게 했다오."

나는 다시 베아트리체의 행방을 물었다. 그러자 노인은 손가락으로 위쪽을 가리키며 말했다.

"눈을 들어 저 높은 곳을 보시오. 그녀는 지금 장미화원 맨 위쪽에서 아래로 세 번째 층에 있지요. 그녀가 쌓은 공덕으로 인해 마련된 옥좌에 앉아 있는 것을 볼 수 있을 것이오."

나는 눈을 들어 아름다운 장미화원 위쪽을 바라보았다. 거기 베아트리체는 하느님의 후광을 받으며 여전히 아름답게 빛나고 있었다. 그 모습에 내 입술에서 그녀를 향한 찬가가 흘러나왔다.

"오, 사랑스런 여인이여, 그대는 나를 위해 지옥에 그대의 발자국을 남기셨지요. 내가 영계를 순례하며 본 모든 것이 그대의 사랑에서 비롯되었으니 그 큰 은혜와 공덕을 알겠소. 그대는 나를 종살이에서 해방시켰지요. 따라서 그대는 그대가 할 수 있는 일을 다 하셨습니다. 내 안에 그대의 너그러움을 간직하고 있으니, 내 영혼이 그대의 의지에 따라 육체에서 풀려나게 해주기를 바랍니다."

내가 노래를 마치며 베아트리체를 바라보니 그녀는 나를 굽어보고 있었다. 그런 다음 미소를 보이며 생명의 샘인 영원한 샘물[66]로 돌아갔다. 나는 베아트리체의 역할이 여기까지라는 것을 직감했다. 천국에 같이 있지만 최고천의 맨 꼭대기까지는 함께할 수가 없었다. 대신 그녀를 이어 나를 인도할 노인이 나서서 말했다.

"그대를 위해 베아트리체는 기도와 거룩한 사랑으로 나를 이곳으로 보내셨지요. 그대가 마지막까지 무사히 천국을 순례하도

---

66) 하느님.

록 내 기꺼이 안내하리다. 그대가 하느님의 은총을 받은 지복의 영혼들과 하느님을 직관할 수 있도록 내 역할을 다 하겠소이다."

나는 노인의 말에 우선 감사의 예를 표한 후 물었다.

"이렇게 안내를 해주시니 고맙기는 합니다만 어르신께서는 누구신지요?"

내 물음에 노인은 자신이 성모 마리아의 종이었던 베르나르두스[67]라고 말했다. 나는 깜짝 놀랐다. 동시에 경이로움에 휩싸이며 온몸에 전율이 일었다. 이제 베르길리우스와 베아트리체에 이어 내게 하늘의 궁극적인 모습을 보여주기 위해 깊은 명상과 지혜를 갖춘 베르나르두스가 나섰던 것이다.

그는 이미 세상에서 명상을 통해 하늘의 평화를 맛본 사람이었다. 그의 순수한 사랑을 보면서 나 역시 그런 사랑에 감염되었다. 그의 깊은 명상을 따라 나 또한 명상과 관조에 들어갔다.

"그대는 저 아래 쪽에 눈을 주지 말고 저 위쪽 아득히 먼 데를 올려다보시오. 그래야만 천국의 참 모습을 볼 수 있거든. 그대는 정신을 집중시켜 하얀 장미화원의 중심 노란 꽃술을 바라보시오. 그러면 거기서 우리의 어머니이신 성모 마리아를 볼 수 있소. 천상의 모든 천사들도 그분께 영광의 찬송을 드리며 기뻐

---

67) 프랑스 태생의 시토회 성직자이자 교회학자로 성모 마리아에 대한 글을 썼으며, 클레르보에 수도원을 세웠다.

춤을 추고 있지요."

내가 베르나르두스의 말을 듣고 눈길을 돌리자 거기 황금 불꽃의 깃발이 보였다. 바로 평화와 하늘의 여왕 성모 마리아의 깃발이었다. 그 주위에는 저마다 빛과 성질이 다른 수많은 천사들이 춤을 추고 있었다. 천사는 각각 개별적으로 찬양을 하며 춤을 추면서도 성모 마리아를 중심으로 하나로 통일되어 있었다. 나는 거기서 깃발 한가운데서 찬란한 광채를 뿜어내는 성모 마리아를 보았다. 어느새 내 열망은 성모 마리아에게 가고 싶은 충동으로 격렬하게 불타올랐다.

## 제32곡

## 성모 마리아를 대면하다

　여기 청화천에는 하느님과 천사들과 성도들, 그리고 축복받은 어린아이들이 살고 있었다. 성 베르나르두스는 오랫동안 성모 마리아를 응시하고 있었다. 그에게 있어 성모 마리아는 마르지 않는 기쁨의 원천이며 샘물이었다. 베르나르두스가 시선을 거두고 나를 돌아보며 하얀 장미화원을 채우고 있는 축복받은 영혼들을 소개했다.

　"물론 맨 위에는 마리아가 계시지요. 성모 마리아는 그리스도의 어머니일 뿐 아니라 하와로부터 비롯된 원죄를 저지른 우리 인류를 구원하신 분이기도 하시지요. 하지만 지금 당신의 발치에 앉아 있는 하와를 너그러운 눈길로 바라보고 있지요. 원죄의 여인 하와가 성모 마리아와 가장 가까이 있는 연유를 그대는 잘 묵상해 보기 바랍니다."

하와 아래에는 내 사랑 베아트리체와 야곱에게 시집을 갔던 라반의 딸 라헬이 자리하고 있었다.

그리고 그 아래 아브라함의 아내 사라와 이삭의 아내 리브가와 므낫세의 아내 유딧, 그리고 다윗의 증조모인 룻이 자리하고 있었고, 마지막으로 일곱째 층에 히브리의 어린아이들이 있었다. 이들은 모두 위대한 왕 다윗의 가계에 있는 히브리의 여인들이었다. 베르나르두스는 다윗의 가계와 그 가문을 칭송하며 말을 이었다.

"그대는 위대한 꽃잎들을 보게 될 것이오. 아름다운 꽃잎 속에 꽃잎이 겹겹이 쌓여 있는 모습을 말이지요."

나는 문득 장미화원의 여러 지복의 영혼들이 신약과 구약으로 나누어져 있는지 궁금했다. 내가 보니 장미화원을 수직으로 양분하여 왼편에는 앞으로 오실 그리스도를 기다리는 구약의 영혼들이, 그리고 오른편에는 이미 오신 그리스도를 따르는 신약의 영혼들이 위치하고 있었다.

"그건 그럴 수밖에 없지요. 구약의 영혼들은 장차 오실 예수 그리스도를 그리워하며 기다리는 입장이고, 신약의 영혼들은 이미 오신 예수 그리스도를 따르는 입장이니, 서로 나뉘어 있을 수밖에 없지요. 물론 한 분이신 삼위일체 예수 그리스도를 믿는 신앙은 하나이며, 이는 신구약 모든 영혼들에게 같은 것입니다."

베르나르두스의 말은 예수님이 오시기 전에 죽은 구약의 영혼들도 구원을 받는 데는 아무런 장애가 없다는 뜻이었다. 그러고는 오른쪽 자리를 가리키며 앞으로 구원을 받아 천국에 올 영혼들을 위한 자리라고 일러주었다.

한편 베르나르두스는 신약의 영혼들이 위치하고 있는 오른쪽 빈자리를 가리키며 세례 요한의 자리라고 말했다. 세례 요한[68]은 예수님보다 앞서 유대 광야에서 그분의 도래를 예고하며 믿는 자들에게 세례를 주고 하느님의 사랑을 실천하다 순교를 한 예언자였다. 요한의 자리 아래에는 프란체스코와 베네딕투스와 아우구스티누스 등이 자리잡고 있었다.

그리고 수직으로 양분하여 두 구획을 한복판에서 가로로 갈라놓은 층 아래에는 어린아이의 영혼들이 하느님의 은총에 따라 여러 층으로 나뉘어 위치하고 있었다.

"저들은 아직 이성을 갖추지 못한 어린 영혼들이지요. 저들은 비록 공덕을 쌓은 바가 없지만 예수님의 사랑으로 구원을 받아 이곳에 있는 것입니다. 그들은 자유의지에서 오는 선택을 갖기 전에 육체를 벗었기 때문에 가능했지요."

---

[68] 그는 헤롯왕이 동생의 아내인 헤로디아와 불륜을 저지른 사실을 폭로했다가 감옥에 갇혔고 헤로디아의 딸 살로메의 간청에 따라 목이 잘려 순교했다.

나는 베르나르두스의 말을 이해할 수 있었다. 저 어린 영혼들은 선과 악을 행함 바도 없었고 더구나 무슨 공덕을 쌓은 적도 없지만 하느님의 섭리에 따라 이곳에서 안락을 취하고 있었다. 신구약 시대를 막론하고 어린아이들의 영혼도 그가 처했던 상황에 따라, 하느님의 섭리에 따라 그 위치가 결정되었던 것이다. 예컨대 신약시대에 이르러서는 그리스도의 완전한 세례를 받지 않으면 비록 죄가 없는 어린아이라도 사후에 림보에 머물러야만 했다.

다시 베르나르두스의 목소리가 들려왔다.

"그대가 그리스도를 뵙기 위해서는 충분한 명상의 힘을 길러야 합니다. 그러기 위해서는 지금 성모 마리아에게 시선을 집중해야만 합니다. 그분에게서 발산되는 빛을 감당해야만 그리스도를 볼 수 있는 능력을 갖게 되니까요."

나는 그의 말에 정신을 번쩍 차리고 성모 마리아의 얼굴에 시선을 모으고 집중했다. 지고지순한 아름다움의 결정체가 거기 있었다. 내 둔한 재주로는 표현할 길이 없는 천상의 거룩한 아름다움의 총화였다. 황홀경이 따로 없었다. 성모 마리아 앞에서는 여러 천사들이 날개를 활짝 펴고 경건하고 아름다운 화음으로 마리아를 찬양하고 있었다.

"은총이 가득하신 마리아여, 항상 기뻐하소서!"

천사들의 찬양과 더불어 가브리엘 천사가 날개를 활짝 펼친 채 노래하고 있었다. 베르나르두스는 찬란한 광채에 휩싸인 성모 마리아 아래에 있는 영혼들을 가리키며 아담과 베드로라고 일러주었다. 인류의 조상과 그리스도교의 반석을 놓은 첫 창시자가 성모 마리아와 가장 가까운 곳에서 기쁨을 누리고 있었다.

베르나르두스는 이어 사도 요한의 영혼과 모세를 가리켰다. 모세는 이스라엘 백성을 이끌고 이집트를 탈출해 홍해를 건넜고, 광야에서 고난의 시기를 보내다가 젖과 꿀이 흐르는 가나안으로 들어가기 전 여호수아에게 그 바통을 넘겨준 구약의 전설적인 인물이었다. 베드로 맞은편에는 성모 마리아의 어머니 안나의 모습도 보였다. 그녀는 자신의 딸인 마리아가 동정녀의 몸으로 잉태했을 때 그 거룩한 모습을 보며 '호산나!'를 연호했다고 전해지고 있다.

아담의 뒤에는 내가 방황하고 있을 때 베아트리체에게 달려가 나를 구원하도록 부탁했던 고마운 인연의 여인 루치아[69]가 앉아 있었다. 그녀는 일찍이 하느님에게 동정 서원을 했으나 배교를 강요받고 감옥에서 고문을 받는 등 고난 속에서도 신앙을 잃지 않았다. 이렇게 되자 감옥의 집정관은 화형을 시키려고 장작을 쌓고 매달아 불을 질렀으나 뜨거운 불길 속에서도 타지 않고

---

[69] 로마제국 시대 순교한 그리스도인 동정녀 가운데 한 사람으로, 그녀의 이름은 광명 혹은 빛이라는 뜻을 가지고 있다.

멀쩡하게 서 있었다. 결국 당황한 집정관은 형리를 시켜 잔혹하게 목을 잘라버렸다. 마지막 숨이 끊어지기 전에 영성체를 받고 순교했다. 일설에 따르면, 그녀의 두 눈을 도려냈다고 한다. 그래서 흔히 세간에서는 접시에 자신의 눈동자를 들고 있는 모습으로 묘사되고 있는 성녀였다.

나는 이런 거룩한 순교자의 도움을 받았던 것이다. 나로서는 베아트리체와 함께 잊지 못할 여인이었다. 나는 그녀에게 감사의 기도를 드렸다. 이렇게 한참 루치아에 대한 상념에 빠져 있을 때 베르나르두스의 목소리가 들려왔다.

"이제 그대의 마지막 순례의 일정이 막바지에 와 있소이다. 그러니 하느님의 원초적 사랑으로 눈을 돌려 집중을 하도록 하세요. 그래야만 하느님의 눈부신 광채로부터 그대의 눈이 멀지 않을 것입니다. 그리고 성모 마리아에게 간구하세요. 하느님을 대면하기 위해서는 그 방법밖에 다른 길은 없습니다. 모든 허물은 다 벗어던지고 오직 사랑에 기대어 나를 따라오세요."

## 제33곡

## 거룩한 기도와 하느님과의 만남

베르나르두스는 내 순례의 마지막 여정인 하느님과의 만남을 앞두고 마리아에게 거룩한 기도를 바쳤다. 그것은 나로 하여금 하느님의 본성을 직관할 수 있도록 성모 마리아에게 도움을 요청하는 기도이자 위대한 성모 마리아에 대한 뜨거운 찬양의 기도였다.

"동정녀 어머니시여, 삼위일체이신 예수 그리스도의 어머니이자 그 따님이시여, 어느 피조물보다 겸손하지만 더 높은 분이시며 영원한 성지의 흔들림 없는 끝이신 분이시여, 당신은 인간의 본성을 고귀하게 높이신 분이기에 창조주 하느님께서 스스로 피조물이 되시는 것을 꺼려하지 않으셨습니다."

베르나르두스는 잠시 숨을 고른 후 성모 마리아를 우러르며 수태고지를 복중의 사랑으로 부르며 찬양했다.

"당신 복중의 사랑이 불타올랐고, 그 사랑의 뜨거운 열기를 통해서 천국의 영원한 평화 속에서 장미화원을 은총으로 장식할 수 있었습니다. 당신은 여기 우리에게 사랑의 횃불이며, 저 아래 지상의 인간들에게는 살아 있는 희망의 샘이십니다. 위대하신 여인이시여. 당신은 그토록 위대하고 전능하시니 하느님의 은총을 갈구하면서도 당신께 달려오지 않는 자가 있다면, 그는 날개 없이 날고자 하는 자와 같을 것입니다. 당신의 너그러움은 간청하는 자에게만 도움이 되는 게 아니라 간청하기 전에도 미리 스스로 오셔 도움을 주십니다. 당신 앞에 자비가, 그리고 당신 안에 박애가 함께하고 있으며 또 피조물 안에 있는 어떤 선이라도 당신 안에 모여 있습니다."

베르나르두스는 여기까지 마리아를 칭송하고 나서 이윽고 나에 대한 간청의 기도를 시작했다.

"이제 이 천체의 맨 아래 밑바닥에서 여기 천국까지 오면서 모든 영혼들의 삶을 지켜보았던 여기 이 사람을 보아주시옵소서. 이 사람이 힘을 얻기 위해 당신께 간구하오니 그가 마지막 구원을 향해 제 눈을 아주 높이 들어 올릴 수 있도록 도와주옵소서. 주님을 뵙고 싶어 하는 그의 소망보다 내 소망이 더 컸던 적이 없습니다. 부디 제 모든 간구를 당신께 드리오니 헛되지 않게 하옵소서."

베르나르두스의 나를 위한 간구는 나로 하여금 감사의 눈물을 흘리게 할 만큼 절절했고 내 생애에서 가장 감동적인 기도였다. 그는 내 소망보다 자신의 소망을 앞세워 나를 위해 마리아께 간구하고 있었던 것이다. 그의 기도는 이어졌다.

"오 하늘의 여왕님이시여, 당신의 기도로 그의 운명 앞에 드리운 일체의 구름을 걷어주시고, 그에게 최고의 축복을 내려주시옵소서. 당신이 원하는 바를 다 할 수 있으니, 그가 최고의 직관으로 하느님을 뵙게 하시고 직관 뒤에도 사랑으로 지켜주소서. 당신의 보호가 인간의 충동을 이기게 하소서. 부디 지금 많은 지복의 영혼들과 베아트리체가 두 손을 모아 함께 간구하는 것을 지켜보아 주소서."

베르나르두스의 간절한 기도가 끝나자 이윽고 성모 마리아의 눈이 그의 기도가 잘 받아들여졌음을 은연중에 암시하고 있었다. 그리고 당신의 눈이 내 머리 위에 와 머무는가 싶더니 한순간 하느님께로 향했다. 나는 그 어느 때보다도 하느님을 내 눈으로 직접 완전하게 인식하고 싶은 열망에 불타고 있었다. 이제 열망을 실현하기 위한 시간을 목전에 두고 있었다.

그때 베르나르두스는 나에게 눈을 들어 높이 쳐다보라고 말하면서 예의 그 자비로운 미소를 보냈다. 나는 그 말에 시선을 들어 하느님께로 향하며 그 눈부신 빛을 바라보았다. 그리고 그 순간 나는 그 빛 속에 들어와 있음을 깨달았으며, 아울러 내 시력은 언어와 기억을 초월할 정도로 강해졌음을 알았다.

그리하여 나는 하느님께 직접 간구하여 내가 이곳 천국에 이르기까지 보고 들은 것을 기록해 지상의 후손들에게 남겨줄 수 있도록 해달라고 기도했다.

"전능하신 하느님, 하느님의 권능이 제 무딘 입술에 영감을 부여해 내가 본 것들을 후대에 전할 수 있도록 허락해 주옵소서."

나는 하느님의 원점 빛으로부터 눈을 떼면 길을 잃게 될 것임을 잘 알고 있었다. 하여 정신을 바짝 차리고 하느님께 시선을 고정하고 집중했다. 그리고 볼 수 있었다. 하느님의 빛 깊은 곳에는 우주 전체에 산재해 존재하는 모든 실체와 우연 등이 하나의 사랑의 사슬에 함께 얽혀 있음을 보았다. 그것은 우주의 실체이며 그 법칙이었다. 그 법칙에 따라 삼라만상이 하느님의 본체 속에서 하나의 책처럼 서로 합쳐지고 있었다. 이곳 천국의 어진 영혼들의 빛도 하느님의 빛에 비하면 한낱 티끌에 지나지 않았다. 하느님이 주관하시는 이 장대한 우주의 광경을 보면서 나는 형언할 수 없는 희열을 느꼈다.

나는 하느님의 빛을 바라보면 볼수록 빛의 장막을 투과하여 그 신성하고 거룩한 모습을 보고 싶은 열망이 불타올랐다. 왜냐하면 의지의 목표인 모든 선이 하느님 앞에 모여 있었기 때문이다. 우리가 그 하느님의 빛 안에 머물면 완전하지만, 벗어나는 순간 결함투성이의 불완전한 인간일 뿐이라는 사실을 깨달았다.

하느님은 불변하는 존재이며 불멸의 존재이다. 그런 존재의 영광과 은총을 논하는 내 혀는 젖먹이 아기의 혀처럼 무력할 뿐이었다. 하지만 하느님 빛이 점차 거룩한 모습의 본체를 드러냈다. 나는 하나의 독립체 속에서 세 가지 빛이지만 하나의 용적을 갖는 성부와 성자와 성령을 보았다. 삼위일체의 빛의 고리는 첫째가 둘째에게 반사되고 둘(성부와 성자)에게서 성령의 불이 나오는 것처럼 보였다. 그다음 나는 반사된 빛의 둘째 고리에 집중했는데, 그것은 사람의 형상으로 오신 그리스도였다. 그러나 내 재주로는 그리스도의 인성이 신성에 어떻게 합일되는지 그 성육신의 신비를 표현할 수가 없었다. 그것은 인간의 표현의 한계를 벗어나는 영역이었기 때문이다.

삼위일체의 거룩하고 투명한 빛의 본체로서 빛나는 지존하신 환상 앞에서 나는 힘을 잃었다. 그러나 이미 내 열망과 의지는 같은 방향으로 움직이는 바퀴처럼 해와 별들을 움직이는 사랑이 돌리고 있었다.

# 단테의 생애와 『신곡』에 대하여

**끝내 고향으로 돌아가지 못한 불우한 망명객, 단테**

단테 알리기에리는 1265년 3월 이탈리아 북부 피렌체에서 태어났다. 당시 피렌체는 중세에서 근대로 넘어가는 거대한 전환기의 중심 도시국가였으며, 후에 르네상스의 중심지가 된다. 단테의 집안은 본래 귀족 가문이었으나 아버지 대에 이르러 몰락했다. 넉넉지 않은 살림에 그의 나이 일곱 살 때 어머니마저 잃어 매우 불우한 어린 시절을 보냈다. 계모의 손에 길러지면서 쌓인 모성에 대한 그리움은 평생의 여인 베아트리체에게로 이어진다.

몇 년 후 아버지가 죽자, 장남이었던 단테는 10대 후반의 나이로 집안의 가장 노릇을 해야 했다. 그런 환경에서도 그는 학구열이 높은 청년으로 반듯하게 성장했다.

청년 시절, 단테는 속어를 시에 활용한 혁신적인 문체를 추구하는 문학운동을 벌이기도 했다. 당시까지만 해도 문학은 라틴어로만 표현되었는데, 단테에 의해 이탈리아어가 문학작품의 창작 수단으로 등장한 것이다. 무엇보다 그는 일상 언어를 문학에 도입해 지방의 방언들까지 작품에 끌어들이는 일대 모험을 감행함으로써 당대에 이미 시인으로 이름을 날리게 되었다. 이런 점에서 그는 이탈리아 국민문학의 효시가 되었을 뿐더러 오늘날까지 이어지는 현대 이탈리아 문학에도 지대한 영향을 끼쳤다고 할 수 있다.

아홉 살 때 단테는 아버지를 따라 피렌체의 유지였던 폴코 포르티나리의 집을 방문했다. 그는 그곳에서 폴코의 딸 베아트리체를 처음 보고 사랑의 감정을 느꼈으나, 9년 후 그의 신부가 된 여자는 당시 관습에 따라 부모님이 정해준 마네토·도나티의 딸 젬마였다.

첫 만남 이후로 성장하는 내내 베아트리체는 단테의 정신세계에 막대한 영향을 끼치게 된다. 현실적으로는 맺어질 수 없는 사랑이었기에 꿈속의 연인이 되어 정신적 지주로 자리 잡았다. 하지만 불행하게도 베아트리체가 스물네 살에 요절하자, 역설적으로 그녀는 단테의 영원한 사랑과 구원의 연인으로 탈바꿈했으며 『신곡』에서는 일약 신앙의 대상으로까지 승화되었다.

베아트리체의 죽음 이후, 단테는 철학에 몰두하여 아리스토텔레스와 토마스 아퀴나스 같은 철학자들에 천착했다. 그리고 1295년에는 정치에 입문하여 1300년까지 정치적으로 승승장구하며 자신의 인생에서 절정의 시간을 보냈다. 이 시기에 피렌체 공화국의 최고 지위인 최고위원으로 선출되는 등 주요 직책을 역임하며 정치적 위상이 최고조에 달했다. 그러나 권력을 쥐고 있었던 기간은 잠시였다. 그의 정치적 성취는 5년을 넘기지 못하고 무너졌고 평생을 방랑하게 하는 어둠속으로 빠져들게 된다. 그의 나이 서른다섯 살이 되던 해부터 일련의 사건에 직면하며 인생의 전환점에 서게 된 것이다.

피렌체는 다른 이탈리아의 도시국가들처럼 겔피당과 기벨린당이 권력다툼을 벌이고 있었다. 일반적으로는 교황을 지지하는 겔피당과 신성로마제국 황제를 지지하는 기벨린당으로 나뉜 것으로 알려져 있지만, 실제로는 상황에 따라 서로의 입장이 뒤바뀌기도 해서 양 당이 지지하는 쪽을 정확하게 구분하기는 어렵다.

단테가 정치를 하던 당시는 집권 세력인 겔프당이 백당과 흑당으로 분열되어 대립하고 있었다. 백당은 피렌체의 자치를, 흑당은 교황 보니파키우스 8세의 정책을 옹호했다. 백당에 속했던 단테는 최고위원 임기가 끝나자 로마에 특사로 파견되었다. 1301년 교황의 요청으로 샤를 백작이 군대를 이끌고 피렌체로 진격한 상황에서, 교황을 설득해 전쟁을 막고자 로마로 향했던 것이다. 하지만 특사단이 로마에 머물고 있는 사이, 샤를 백작이 피렌체에 진입했고 그 위세를 업고 권력을 장악한 흑당이 백당을 추방하기 시작했다. 그 여파로 로마에서 억류되어 있던 단테 역시 정치적 박해를 피할 수 없었다.

단테는 이듬해 피렌체로 돌아가지 못한 채 받게 된 궐석 재판에서 정치적 반역 혐의와 각종 비리 혐의로 기소되었고, 공직 추방과 2년 간 입국 금지라는 유죄 선고를 받았다. 하지만 그것이 끝이 아니었다. 얼마 후에 다시 영구추방 결정과 체포될 경우 화형에 처한다는 가혹한 조치가 내려졌다.

객지에서 이 소식을 접한 단테는 귀향을 포기하고 이때부터 정치적 망명생활을 하게 된다. 한때 피렌체의 권력자들로부터 개전의 정을 보이고 일정 기간 금고형을 받아들인다면 특사를 내리겠다는 제의도 받았으나 거절했다. 그러자 그들은 단테의 죄상을 다시 추인하고 아울러 그의 자식들에게도 영구추방령을 내렸다. 이때부터 1321년 라벤나에서 사망할 때까지 단테의 생애에서 가장 힘들고 어두웠던 망명과 유랑 시기에 쓴 필생의 위대한 작품이 바로 『신곡』이다.

### 단테가 그려놓은 『신곡』의 정교한 구조와 사상

단테가 망명지에서 13년에 걸쳐 집필한 『신곡』은 성경과 그리스 로마의 고전과 토마스 아퀴나스의 신학, 그리고 프톨레마이오스의 우주론과 플라톤 및 아리스토텔레스의 철학과 윤리학 등 방대한 지식이 그 기저를 이루고 있다. 중세의 사상과 세계관이 집약되어 있으며, 동시에 중세를 마무리하고 르네상스와 함께 근대로 나아가는 효시가 되는 작품이다.

『지옥편』 34곡(『지옥편』의 제1곡은 전체 노래의 서곡에 해당한다), 『연옥편』 33곡, 『천국편』 33곡으로 총 100곡, 14,233행에 달하는 『신곡』은 지옥과 연옥과 천국을 순례하면서 만나는 다양한 인간 군상을 통해 삶의 본질을 이야기하고 통찰하는 대서사시이다. 『신곡』은 제목에서도 알 수 있듯이 인간 영혼의 구원에 관한 중세 기독교의 교리와 세계관에 기반을 둔 기독교 문학의 기념비적 작품으로 평가받는다. 하지만 특정한 종교에 국한된 작품이라기보다는 시대와 공간을 초월한 인류의 보편적 가치를 추구하는 불멸의 고전, 중세 사상의 위대한 종합으로 보는 쪽이 더 합리적일 것이다.

이 책에서 단테는 1300년 부활절 전후인 4월 8일 성금요일부터 15일 사이에 지옥, 연옥, 천국을 방문하는 것으로 되어 있다. 1300년은 새로운 세기가 시작되는 해이며, 교황 보니파키우스 8세가 '희년'으로 제정한 해이기도 하다. '희년'은 구약성서에 근거한 것으로 모든 죄수를 풀어주고, 빚을 탕감해 주며, 저당 잡힌 조상의 땅을 후손들에게 되돌려주는 대사면의 성스러운 해를 뜻한다.

단테는 지옥과 연옥은 정신적 스승으로 따르고 흠모했던 고대 로마의 위대한 시인 베르길리우스의 안내로, 천국은 영원한 연인이자 성스러운 여인인 베아트리체의 인도로 순례한다. 단테가 그린 저승 세계는 중세적 세계관에 풍부한 상상력이 더해져 설계되어 있다. 지옥은 지하에 있으며 지구의 중심축을 기준으로 깔때기 모양으로 펼

처져 있다. 위쪽이 넓고 아래로 내려갈수록 폭이 좁아지는데, 죄가 무거울수록 아래쪽으로 떨어져 형벌이 가혹해지고 고통이 심해진다. 죄의 경중은 임의로 정한 것이 아니고 기독교 교리를 적용하여 엄중하게 구분된다. 연옥은 예루살렘의 대척점에 있는데 일곱 구역으로 구분되어 있으며 위로 올라갈수록 좁아진다. 일곱 구역은 교만, 질투, 분노, 나태, 탐욕, 탐식, 방탕의 죄를 지은 영혼들이 죄를 씻고 있는 장소이다. 천국은 아홉 개의 하늘로 이루어져 있는데 이 하늘들은 서로 다른 속도로 회전하고 있다. 아홉 번째 하늘은 모든 하늘을 돌리는 원동천이며, 그 너머에 하느님이 있는 빛의 하늘 '엠피레오'가 있다. 하늘을 아홉 개로 나눈 것은 당시 가톨릭의 공식 우주관인 프톨레마이오스의 이론에 따른 것이다.

각 곡마다 들어간 19세기 삽화가 귀스타프 도레의 판화들은 단테가 묘사해 놓은 『신곡』의 세계를 마치 실존하는 공간을 들여다보는 것처럼 생생하게 다가오게 해준다. 특히 유명한 『지옥편』의 판화들은 그 끔찍한 장면들에 박진감이 넘쳐, 차마 볼 수 없을 정도로 참혹하고 기괴한 지옥의 풍경들을 적나라하게 묘사하고 있다.

『신곡』은 그 양이 방대할 뿐 아니라 난해하기로 정평이 나 있는 만큼 제대로 독파하기가 쉽지 않다. 서사시로서 시가 갖는 음악성은 번역의 한계 밖에 놓여 있는데다가 서사시의 또 다른 요소인 스토리마저 제대로 따라가기가 쉽지 않다. 이는 원문의 시를 이해하기 쉽게 산문화하는 과정에서 발생하는 문제이기도 하다. 그래서 이

책은 본래의 운율이나 형식에 따르기보다 내용상 꼭 전달해야 할 내용을 중심으로 편역했다. 원래 전달하고자 했던 의미를 훼손하지 않으면서도 누구나 쉽게 줄거리를 따라갈 수 있도록 접근성을 높이는 데 주안점을 두었다. 편역자로서는 아무쪼록 독자 여러분이 이 책을 통해 단테가 전하고자 했던 바의 핵심을 놓치지 않으면서 끝까지 단테의 순례에 동참할 수 있기를 바란다. 그러는 가운데 괴테가 "인간의 손으로 만든 최고의 것"이라고 칭송했던 『신곡』의 가치와 재미를 함께 느끼게 된다면 바랄 것이 없겠고, 더 나아가 이 책을 길잡이로 서사시 형태를 그대로 살린 완역본에 도전할 수 있는 힘이 생긴다면 더욱 좋을 것이다.

이종권

# 단테 알리기에리 연보

**1265년**  이탈리아 피렌체에서 태어났다.

**1270-975년**  어머니 가브리엘라 사망.

**1274년**  베아트리체 포르티나리와 처음으로 만남. 베아트리체는 첫
만남 이후 평생 단테의 이상의 여인이 된다. 『신곡』의 『천국
편』을 이끈 것도 베아트리체이다.

**1277-1280년**  당대 최고의 인문주의자로 알려진 브루네토 라티니에
게 수사학, 고전, 문화 등을 폭넓게 사사받는다. 이 어간에
젬마 디 마네토 도나티와 약혼.

**1281년**  아버지 알리기에로 디 벨린치오네 사망.

**1283년**  베아트리체와 두 번째 만남. 산타크로체 수도원에서 인문학
을 공부하며 문학 수업과 창작 활동을 시작한다.

**1285년**  약혼녀 젬마와 결혼.

**1289년**  6월 캄팔디노 전투에 기병으로 참전.

**1290년** 6월 베아트리체 사망. 철학과 신학에 몰두하여 아리스토텔
레스와 토마스 아퀴나스 등에 심취한다.

**1294년** 스승 브루네토 라티니 사망. 베아트리체를 찬양하며 쓴 글
들을 모아 『새로운 인생』을 완성한다.

**1295년** 약사 길드에 가입, 본격적인 정치 활동을 시작하여 피렌체
36인 위원회 위원이 된다. 이후로 피렌체에서 추방될 때까
지 정치에 열성적으로 참여한다.

**1296년** 피렌체의 100인 위원회 위원이 된다.

**1300년** 피렌체를 지배하고 있던 겔피당이 체르키 가문이 이끄는
백당과 도나티 가문이 이끄는 흑당으로 나뉜다. 단테는 백
당에 속해 있었고, 백당이 집권하자 2개월 간 최고위원을
맡는 등 권력의 핵심에 서게 된다.
5월 겔피당을 대표하여 산 지미냐노에 대사로 파견.

**1301년** 피렌체 100인 위원회 재선.
교황 보니파키우스 8세가 토스카나 남부의 땅을 손에 넣기
위해 피렌체에 군대 파병 요청하자 단테는 위원회에서 반대
연설을 한다. 10월에는 샤를 발루아의 군대 동원을 막기 위
해 교황청에 특사로 파견되었다가 로마에 억류된다.
5월 샤를 발루아가 피렌체에 입성하고 백당은 흑당에게 패배
한다.

**1302년**  본인이 없는 궐석 재판에서 공금횡령과 뇌물 등의 죄목으로 벌금과 함께 2년 간 추방 선고를, 후속 재판에서 피렌체 영토에서 체포되면 사형에 처한다는 선고를 받음. 피렌체로 돌아오는 도중 재판과 선고 소식을 듣고 이때부터 기약 없는 유랑생활을 시작한다.

**1303년**  포를리와 베로나 등을 떠돌며 머물다가 아레초에서 망명자들의 위원회인 12인 위원회의 위원으로 선출됨.

**1303~1304년**  『속어론』 집필. 이 책에서 문학언어로는 라틴어보다 속어, 즉 각 나라의 자국어가 낫다고 주장한다.

**1304년**  7월 벨리니와 연합한 겔피 백당이 피렌체 근교 라스트라 전투에서 흑당에 참패.

**1306~1309년**  『신곡』의 『지옥편』 집필. 1304-1307년에 걸쳐 구상함.

**1309년**  3월 피렌체의 망명자들이 루카에서 모두 추방됨.

**1308~1312년**  『연옥편』 구상과 집필에 들어감.

**1310~1311년**  1월까지 룩셈부르크 왕가 출신의 신성로마제국 황제 하인리히 7세 보좌. 단테는 하인리히 7세가 이탈리아 반도의 분쟁을 종식시키고 자신도 피렌체로 돌아갈 수 있을 것이라고 보았다. 그러나 피렌체는 하인리히 7세를 받아들이지 않았다.

**1312년** 피사에서 어린 소년 페트라르카를 만남. 페트라르카는 단테와 함께 이탈리아 르네상스의 토대를 마련하는 시인이 된다.

**1313년** 하인리히 7세 말라리아로 사망. 『제정론』 집필. 이 책에서 교황과 황제의 이상적인 권력 관계에 대해 논한다.

**1314년** 『지옥편』 출판.

**1315년** 흑당으로부터 죄를 공개적으로 인정하는 조건으로 사면과 귀환을 제의받지만 거절함. 이로 인해 추방과 종신형을 재선고 받고, 이 판결이 가족들에게까지 확대 적용된다. 『연옥편』을 출판하고 『천국편』 집필을 시작.

**1320년** 『천국편』 완성하여 즉시 출판. 라벤나의 외교사절로 베네치아에 파견.

**1321년** 9월 13일 베네치아에서 돌아오는 길에 병으로 사망. 시신은 산 피에르 마조레 교회에 안장되었고 아직까지 피렌체로 귀환하지 못하고 있다.